マドンナメイト文庫

幼馴染みに無理やり女装させられたら覚醒しちゃったんですけど

石神珈琲

目次
contents

プロローグ……7
第1章　女装さんぽ……16
第2章　彼氏が水着に着替えたら……59
第3章　女子校で駅弁ファック……87
第4章　美少女としての覚醒……139
第5章　純情女王様は処女……192
第6章　黄金ハーレム帝国……227

幼馴染みに無理やり女装させられたら覚醒しちゃったんですけど

プロローグ

――ガタンッ！

部屋の扉が勢いよく開いた。

それと同時に花のような匂いが漂ってきた。

中学二年生の姉崎《あねざき》悠貴《ゆたか》はつい振り返りそうになる。

しかし、訪問者の正体を知っているので、平静を装ってゲームに熱中しているふりをする。

「ははーん、無視ですか。無視とはいい度胸ね」

モニタの画面がブラックアウトする。電源を抜いたのだ。

「何するんだよ！」

さすがに頭にきて振り返ると、目の前には二本の脚が聳《そび》え立っていた。

学校で習った古代ローマの建築様式であるコリント式を逆さにしたような立派な太ももに目を奪われる。

その片脚が持ち上がり、ゆっくりと悠貴の肩の上に載せられた。

「え？」

細い足首から太腿へと至るラインが見事で艶めかしかった。しかも、ミニスカートを穿いているものだから、パンティが丸見えになっている。ピンク色のパンティで花柄の刺繍《ししゅう》が施されているのがよく見えた。そしてその中心には……。

「はあ？　どこ見てるの？」

「え？　なに？　何も見てないよ！」

「嘘つくならもっとうまくやれよ」

項垂《うなだ》れた瞬間、悠貴は蹴り倒されてしまう。

「うわぁ！」

悲鳴をあげて無様に床に倒れた。

さらに腹の上に少女がドスンと載ってくる。

「そんでさあ、ちょっとお願いがあるんだけど」

傍若無人に振る舞う暴君は鶴見咲月《つるみさつき》という隣家に住む一つ年上の女子だ。いわゆる幼馴染みではある。しかし、今の態度を見てもわかるように、お淑《しと》やかな女子ではなかった。

相変わらず馬乗りになっている咲月は客観的には可愛い部類に入るだろう。いや、ダントツの美少女といっても過言ではない。セミロングの黒髪がおでこを半分見せている。理知的なおでこには意志の強そうな眉が絶妙なバランスで配置されている。くっきりした二重瞼には長い睫毛が縁取っていて、その下には男でもたじろぐ眼力のある瞳が輝いている。

鼻もつんと高くハーフの美少女タレントみたいだった。唇にはリップクリームを塗っているのか、悩ましく光っている。

『悠貴はいいよな〜。あんな美人の咲月先輩と幼馴染みで』

彼女の正体を知らない友だちからは羨ましがられてばかりいる。だが、そのたびに悠貴は顔を顰《しか》めるのだった。

見た目は確かにいいかもしれないが、内面は最悪である。咲月は悠貴の理想とはあまりにかけ離れていた。

彼女は悠貴のことを弟、いや舎弟くらいにしか思っていないようで、顎で使うとはこのことだ。いや、もしかしたら奴隷くらいに思っているのかもしれない。夜中にアイスが食べたいとか炭酸が飲みたいとかメールがくるのは日常茶飯事だった。

今回も何か厄介事を持ってきたにちがいない。すでに確信していた。嫌な予感しかしなかった。

「ねえ、お願いがあるの？」

「……」

悠貴は顔を背けて聞こえないふりをした。

「あれ～？　聞こえなかったかなぁ？」

咲月は両手で優しく悠貴の頰を押さえると強引に正面を向かせた。

満面の笑みだが目が笑ってはいなかった。

「……それって、お願いする態度じゃないよね？」

咲月が微笑むと目が愛らしい三日月形に変わった。普通の男ならキュンとときめくことだろう。しかし、悠貴は過去の経験から学んでいた。

「じゃあ、ご褒美あげるから」

咲月が目を閉じて、唇をすぼませた。

唇がチェリーピンク色で、剝きたての果実のように瑞々《みずみず》しかった。肉厚の唇はとても柔らかそうで、警戒している悠貴でも思わずキスを期待してしまうほどだった。

（これがフォースキスか？　いや、そう言えば……）

幼い頃、咲月は自分が嫌いなハッカドロップを、悠貴に口移しで与えていたことを思い出した。当時はまだ幼かったので、深くは考えなかったが、咲月はどう思っていたのだろう。何を考えてあんなことをしたんだろうか。

あれから十年近い歳月が流れ、互いに中学生になった今、キスはどんな味がするのだろう。あのときのハッカの味が鮮明に蘇《よみがえ》った。

しかし、咲月はそれ以上近づいてはこなかった。

わずかに唇を開くと、あろうことか悠貴にゆっくりと唾液を垂らしてきた。

「うわぁ！　何するんだよ!?」

「ご褒美は先がいいタイプじゃなかった？」

「うえ、いらないよ！」

「失礼な奴だなあ。犬なら大喜びよ」

自分は犬じゃない。悠貴は文句を言おうとしたが、咲月に無理やり口を開けされられてしまった。いつだって無理やりだ。

咲月は小学生の頃から体格がよかったが、それはあの頃は女子のほうが成長が早いからで、中学生になってからは悠貴のほうも身長が伸びてきた。といっても、まだ百六十センチしかないものの、あと一年も経《た》てば咲月を追い越すだろう。

（でも、身体が大きくなっても、勝てる気がしない……）

男女では体格差が生まれることを見越していたように、咲月は小学生の頃から格闘技も習っていた。それが悠貴の不幸に拍車をかけたことはいうまでもない。新しく覚えた技の実験台に何度されたかわからない。しかも、咲月には才能があるようで、あっというまに悠貴の動きを封じられるほど格闘技を極めてしまったのだった。

人体の仕組みを熟知してるので、今もまたいともたやすく悠貴の口を開けたままにできるのだ。

（僕は断じて涎が欲しいわけじゃない！）

あれよあれよというまに唾液が垂れてきて、唇に落ちた。

「あれれー。失敗したか。次はちゃんと入れてあげるから安心しろ」

今度は的《まと》を外さないように、狙いすまして唾液を垂らしてきた。

（欲しいと思ってたわけじゃないのに……なんだ、これは!?）

電流のような衝撃が全身を駆け抜けた。悠貴は戸惑い焦った。

ちょっとした隙に渾身の力で咲月から逃げ出した。

「何するんだよ！」

「涎くらいならいいかな？って」

「それって、どういうことだよ!?」

「どういうことって……でも、喜んでなかった？」

「は？　なんで他人の唾を飲んで喜ぶんだよ」

咲月が不思議そうに小首を傾《かし》げてみせた。

悠貴は黙って睨んだ。だが、咲月にはまったく効果がなかった。

「じゃあ、そういうことで」

「何がそういうことだよ!?　絶対にダメ！」

「まだ、どんなお願いか聞いてないじゃん」

「どんなお願いでも絶対に嫌だ」

「もう……昔は素直だったのに……もしかしてだけど、反抗期？」

「……」

何を言っても茶化されるだけだ。

そもそもいつ素直だったというのだろう。悠貴が覚えていることといえば、いつも咲月に翻弄されてトラブルになったことだけだ。

そして、どんなお願いか知らないが、今回が今まででいちばん危険だと確信していた。なぜなら今まで褒美を先にくれたことなど一度もなかったからだ。

「お願いを聞いてくれたら、悠貴にもすっごいいいことがあると思うんだけどな」

咲月が悠貴に覆い被さってきた。

シャツの襟に隙間ができて、胸元から動くたびに二つの乳房が揺れているのが見えた。

「……」

「また、見てるでしょ？　悠貴のくせにエッチなんだから」

「……み、見てないよ」

「嘘ばっか。ほら、湯上がりだからブラしてないんだ」

咲月が上半身を反らし、シャツの襟を引っ張った。

中学三年生とは思えないほど立派に実った肉の果実の膨らみを感じた。本当にブラジャーをしていないようで、頂点の突起が見て取れた。

思わずじっと見てしまった。

とたんに下半身に血液が集中しだした。ボクサーパンツの中で痛いほどペニスが勃起しているのがわかった。

「悠貴は女の子の秘密に興味ない？」

「……」

「生の女の子を知ることができるチャンスがあるのに、それを活かさないの？　そんな人生でいいの？」

「……」

（いつも大げさなことを言って僕を騙すんだ。でも……）

「あぁーあー、可愛い弟を一生童貞のままにさせたくないなあ」

「……」

悠貴は思わず生唾を呑み込んだ。

「少しは興味があるでしょ？」

「……は、話を聞くくらいなら」

咲月が天使のような笑顔を浮かべた。

（この笑顔はヤバいときの顔だ……）

いつもこうやって咲月の思いどおりになるのだ。

第一章　女装さんぽ

1

冗談じゃない。

悠貴は今日何回も心の中でそう呟《つぶや》いていた。

（ふざけてる！）

咲月の提案に腹を立てていた。そのせいで、授業にまったく集中できなかった。ようやく放課後になり、部活のサッカーで身体を動かしていたら、ようやく忘れかけたが、その集中力も長くは続かなかった。

なぜなら、咲月がグラウンドに現れ、サッカー部の女子マネージャーと話しはじめたからだ。

それだけで、三年生の先輩たちは目の色を変えて、かっこいいところを見せようと躍起になっていた。

「おい、悠貴。おまえ、鶴見さんと幼馴染みって本当か？」

キャプテンが悠貴に駆け寄ってきた。

「まあ、そうなりますかね」

「なんだよ、その言い方。はっきりしねえなあ。でも、あの娘、マジですげー可愛いよな」

「……」

ふだんからチームをまとめて、下級生の面倒も見てくれる理想的な先輩だった。中学からサッカーを始めた悠貴にも有益なアドバイスをしてくれるし、根気よく練習の成果を見てくれていた。素直に従っていたところ、一年あまりでみるみる上達したのである。

そんな憧れの先輩でも咲月の本性を見抜くことはできないようだ。

「お淑《しと》やかで、賢くて、誰にでも優しくてさあ」

「……だ、誰のことですか？」

「鶴見さんのことだよ」

言葉を聞いていると、知らない誰かの話にしか聞こえなかった。

それは昔からずっとそうだった。咲月に対する評価が悠貴と世間とではまったく異なっていたのだ。

（猫を被っているだけなのに、みんな、なんでそれがわからないんだ？）

腹立たしいのは、咲月自身も周囲からの評価を意識していて、そのイメージに応えていることだ。

そんなことを考えていると、咲月の声がした。

「悠貴、がんばれー！」

ちょうど悠貴がボールを持った瞬間だった。聞いたこともないような甲高い声で応援してきた。睨みつけると、満面の笑みで手を振ってきた。

（昨日のことはまだ諦めてないな）

そのとき、悠貴は強い衝撃で吹き飛ばされ、ボールを奪われた。

ボールを奪ったのはキャプテンだった。なんだか悲しい気持ちになった。

その後、悠貴は嫉妬に狂った先輩たちから激しいタックルを受け、さんざんな目にあった。

咲月に文句を言おうと思ったが、いつのまにか姿を消していた。

「おい、悠貴。おまえ、今日はなんかたるんでるな」

「すみません」

キャプテンは悠貴に一年生といっしょにグラウンド整備をするように命じた。

驚くことに一年生たちも少し怒っているようだった。

「悠貴先輩……鶴見先輩と付き合ってるんですか？」

「絶対にそれはない！」

「本当ですか？」

「あんな女のどこがいいんだよ」

「照れ隠しですか？　本気で言ってるんですか？」

下級生は信じられないといった顔で悠貴を少し睨んだ。

悠貴は片付けを終えるとさっさとグラウンドをあとにした。誰とも話したくなかったからだ。あと少しで三年生が引退し、部室を使えるようになるが、それまでは教室で着替えないとならなかった。

足早に校舎に入ろうとした瞬間、頭に衝撃が走った。

「つめたっ!?」

気づけば全身がびしょ濡れだった。

見上げると、三階の窓から咲月が手を振っていた。そこは自分たち二年の教室だ。片手に水風船を持っていて、さらにそれを投下してきた。

「わぁ！」

悠貴はとっさにかわし、咲月のいる教室まで駆け上がった。

しかし、咲月の姿が見あたらない。

必ず何か嫌がらせをしてくるはずだ。早く着替えなくてはと体操服を脱ぐと、咲月は音もなく忍び寄ってきたみたいで、悠貴の体操服を奪って逃げた。

「何をするんだ！」

「私が洗ってあげるよ」

「絶対嘘だ。そんなことくらいで、昨日のお願いを受け入れないぞ！」

「ふーん」

「それに僕がこんなにびしょ濡れなのは誰のせいだ？」

「さぁ」

余裕綽々《しゃくしゃく》な態度に怒りがわくが、ボクサーパンツ一枚では様にならない。

悠貴の身体は均整がとれてはいたが、男子にしては華奢だった。脛《すね》にも腋の下にも毛が一本も生えてなかった。肌は女子よりも白く、薄桃色の乳首と乳輪が映えていた。

「いけると思うんだけどな」

咲月はひとり頷いて悠貴の身体をマジマジと見つめた。

「何がいけるんだよ!?」

「女子としてよ」

まるで当たり前のような口調が悠貴を苛立たせた。

昨晩、咲月のお願いというのはこうだった。小学生の頃に悠貴も通っていたスイミングクラブがあるのだが、老朽化のために今年限りで閉鎖されるというのだった。寝耳に水だった。幼稚園から小学校を卒業するまで所属していたので、寂しさを感じて話に聞き入ってしまったのが間違いだった。

咲月がスイミングクラブで最後の思い出作りをしたいと言ったとき、そんな殊勝な心がけに感心し、咲月を見直したほどだ。

断じて、女子の秘密とやらが気になって、そそのかされたわけではない。

しかし、その後の話を聞いて、咲月が暴君であることを再確認することになった。

中学生女子の部のメドレーリレーに選手が一人足らないので、悠貴に参加してくれというのだ。もちろん、女子選手としてだ。

「そんなの絶対にバレるよ。絶対に無理！」

「物は試し。騙されたと思って、一回制服を着てみなよ」

「言われなくてもそうするさ」

悠貴は咲月を睨みつけながら、椅子にかけてあったYシャツを摑んだ。

指に触れたときの感覚がいつもとは違ったが、目を離せば咲月に何をされるかわかったものではない。

悠貴はYシャツに袖を通した。

二の腕に食い込んでくる感覚があったが、ボタンを嵌めようとしたとき、ようやく気づいた。ボタンの位置が違っていたのだ。

「え？」

左右逆にボタンがついていた。

袖口は膨らみ、裾は搾られていた。そして、丸襟からは真っ赤なリボンが垂れている。

間違いなく女子用のブラウスだ。

つまり、咲月が着ているのと同じ制服ということになる。

「はい。これウィッグとメガネね」

メガネは黒縁の伊達メガネで、ウィッグにいたっては長くて少しホラーっぽい。

「ちょ、僕の制服は？」

咲月はそれには何も答えず、濡れた体操服をボストンバックにしまった。悠貴の制服も見えたような気がする。

「じゃあ、早く着替えて校門に来てね」

咲月はそれだけ言い残すと、スキップするように教室を出ていった。

悠貴は事態が呑み込めずに呆然とした。昔から無理難題をふっかけてきたり、トラブルを持ち込んできたりすることは多々あったが、ここまで強引なことはなかった。

予想どおりスカートまで用意されている。

ゆっくりと手を伸ばして、スカートを持ち上げてみた。意外に軽く、なぜかドキドキした。

咲月のものだと思っていたが、丈は校則より少し短いくらいだろうか。これは彼女のお古だろう。窓から差し込む夕陽で生地が透けて見えた。

穿き古されて、プリーツの角が取れて丸みを帯びていた。防虫剤の臭いがした。

「……これを穿けってか？　冗談じゃない」

悠貴はスカートを床に叩きつけた。

今すぐ咲月を罵倒したかった。

だが、そんなことをしたら、誰かが来るだろう。にしても、このままパンツ一丁で帰るわけにはいかない。ふと自分がブラウスを羽織っていることに気づき、顔が燃えるように熱くなるのがわかった。

とりあえずメガネをかけたが、これだけで正体を隠すことはできない。

どこからか廊下を走る生徒の足音が聞こえてきた。

心臓が口から飛び出すのではないかと思うほど緊張し、息を潜めた。

「おーい、廊下を走んなよ」

男性教師の声が聞こえた。独特なイントネーションから隣のクラスの担任だとわかった。

続いて、隣の教室のドアを開ける音がした。

「早く帰れよ」

足音がだんだん近づいてきた。

悠貴は慌ててウィッグを摑んで被った。

その瞬間、ドアが開いた。

悠貴はブラウスを抱きしめて、ドアに背を向けた。

「す、すまんな。着替えてたのか。もう下校だから、早く帰れよ」

早口で言うと、教師はすぐにドアを閉めた。

「……バ、バレなかった」

だが、安心している余裕はなかった。

（また誰かが教室に入ってくるかもしれない）

今のは隣の担任だからバレなかっただけだ。クラスメイトにも通用するとは限らない。ここで見つかったら、変態の烙印を捺されてしまう。あの咲月が真実を話してくれる保証もない。

悠貴はボタンを留めようとしたが、手が震えてうまくいかなかった。左右逆なだけでこんなにもやりにくいものなのか。気は焦るばかりだ。

「くそ、くそぉ！」

髪が頬にあたって気持ち悪かった。手で払いのけても、艶々した髪が垂れてくる。

なんとかブラウスのボタンを嵌め、スカートを拾い上げた。

さすがに躊躇した。

これを着れば、咲月の罠にはまることになる。だが、穿かないことには帰ることもできない。

「くそーー！」

悠貴は悪態をつきながらスカートを穿いた。

身体から一気に冷や汗が噴き出るのを感じた。恐るおそる廊下に誰もいないのを確認して、校門に向かったが、脚がガクガクと震えて、すばやく進むことができない。階段を降りるだけで、スカートが軽やかに舞って、裾が太腿を撫でてくる感覚に目眩《めまい》がしそうになる。

靴を履くのにも時間がかかった。

前庭には数人の生徒がいた。

悠貴は項垂《うなだ》れて校門に向かった。咲月は約束どおりそこで待っていた。

「あら、思ったより早かったね」

「……」

顔を上げると、咲月は驚いたような顔をした。

「予想以上に似合っているじゃない。私の目に狂いなし」

性格が狂っていると怒鳴りたかったが、悠貴は目立ちたくないので黙っていた。

2

外は薄暗くなってきたが、悠貴はビクビクしどおしだった。

「服を返してよ」

「家に帰ったら、ちゃんと返してあげるわ」

洗濯のことはすっかり忘れているようだ。

悠貴は今すぐにでも咲月のスポーツバッグを奪って逃げ出したかったが、すぐに追いつかれて捕まってしまうだろう。

(抵抗したら……もっとひどい目にあわされるだろうし……)

素直に言うことを聞くのが一番なのは経験からわかっていた。

しかし、家までの帰り道には駅前の繁華街がある。小高い丘の上にある学校周辺とは、人の密度や街灯、店の照明も比較にならないほどだ。

「絶対にバレちゃうから……」

「バレないように化粧もしてあげたでしょ?」

「そんなんじゃ、誤魔化せないよ」

「そうかもね」

咲月があっさりと同意した。

「……やっぱ制服返して」

「まず、大股で歩くのをやめることね。かえって目立つわ」

悠貴にはそうする理由があった。スカートが太腿に纏《まと》わりつくようで不快だったのだ。もちろん女子になりきるには抵抗感もある。

咲月が悠貴の背中をぽんと叩いた。

「背筋を伸ばす！」

「……」

渋々ながらも言うとおりにした。

もうすぐで繁華街に入るところだった。人混みが見えた。

「かのアントニオ猪木《いのき》が言ってたわ。美しさは女の武器で、装いは知恵であり、謙虚さはエレガントであるってね」

「絶対にそんなこと言ってないよ」

「猪木じゃなかったかな。まぁ、そんなことはどうでもいいじゃない」

「よくないよ」

咲月は胸に手を当てて言葉を噛みしめているようだった。

「まったくもってそのとおりだと思う。私はその名言に従っているわ」

悠貴は目を細めて訴えかけた。ならば、もっと謙虚になってくれと。だが、どうやら伝わっていないようだった。

咲月は平然と前を進んでいく。

悔しいが後ろ姿も美人だった。黒髪が軽やかに波打っている。短いスカートも躍り、まっすぐ伸びた長い脚は自信に満ち溢れているようだ。あれこそエレガントなのだ。

(解《げ》せない！)

下手《へた》に口を開くと男だとバレてしまうので、心の中で毒づいた。

(でも、美しいのは客観的な事実だし……)

悠貴は咲月を手本にして歩いてみた。

いよいよ繁華街に入ると、心臓が口から飛び出しそうになる。飲食チェーン店やパン屋や総菜屋が所狭しと並んでいた。他校の生徒や主婦と思《おぼ》しき女性、スーツ姿のサラリーマンたちが足早に歩いていた。

種々雑多な男たちは咲月に気づくとハッとした顔になって目で追った。

（悔しいけど……美少女だからなぁ。見てしまうのも当然かもしれないけど、みんな咲月の性格を知らないだけなんだよな）

今日はいつもより咲月が腹立たしかった。しかし、なんだかいつもと違う。

そうだ、自分も見られているのだ。初めての感覚だった。

視線を感じるほうを見ると、男子高校生と目が合ってしまった。その男子はすぐに恥ずかしそうに目をそらした。

（……僕を見てた……女子だと思ったんだ。僕が女子？）

今まで味わったことのない未知の感覚が脳を揺さぶった。

（いや、でも、何かの勘違いかも……）

今度は禿げた中年の男が自分の太腿をじっと見ていることに気がついた。しかも、こっちが見返しても、舐めるように見ている。

「やっぱり……男ってバレてるんだよ」

「大丈夫よ」

「どうしてさ？」

「だって、あのおっさんの目はいやらしい視線だもの」

同性からあんな目で見られるなんて信じられないというか、気持ち悪かった。

「子供の頃から経験している私が言うんだから間違いないわ。悠貴には素質があるんだよ。ちょっと化粧をしただけで、見違えるほどの美少女になったんだから」

「嘘つけ！」

「じゃ、自分を見てみなさいよ」

ガラス張りのショーウィンドーに咲月の後ろを歩く悠貴の姿が映っていた。

贔屓目に見ても女子中学生にしか見えなかった。二人ともスタイルのいいスリムな身体に美脚でモデルに見えなくもない。

悠貴は自分の姿が信じられなかった。自分であって自分でないような感覚。

「どう？」

「……」

「満更でもなさそうね」

「……そんなことはない」

悠貴は消え入りそうな声で否定した。

だが、心の中に、新しい感覚が生まれていることも事実だった。それは甘美でいて危ない魅力に満ち溢れたものだった。本能がそれ以上進んではならないと警鐘を鳴らしていた。

咲月が悠貴の隣に並んできた。

「このまま家に帰る？」

「……」

「知り合いも騙せるか試してみる？」

「嫌だ！」

悠貴はつい大声を出してしまった。前にいた男たちが振り返って、キョロキョロしている。

「ほら、ついてきなさいよ」

悠貴は繁華街から外れ、慣れ親しんだ路地に入っていく。昔、咲月といっしょに歩いた道だった。目的地は予想どおり、水嶋《みずしま》スイミングクラブだった。

看板の文字が一部消えかかっていて、「水嶋スイミン　クラブ」と読めた。建物を改めて見ると、思っていたより小さく薄汚れていた。最近、駅前にできたフィットネスクラブが豪華だったので、よけいにみすぼらしく見えるのだろう。

そのフィットネスクラブにはプールも併設されていて、会員数も激増しているという噂を耳にしていた。そういう煽りも受けて、水嶋スイミングクラブは経営が立ちゆかなくなったのかもしれない。

悠貴は近所の駄菓子屋がコンビニに変わったときと同じ寂しさを覚えた。

「じゃ、行くわよ」

「え？　どこに？」

「ここによ。大丈夫。二年も経っているから、悠貴だと誰も気づかないって」

「そ、そうかな？　そんなことないんじゃない？」

とたんに悠貴はおろおろしだした。

「うるさいわね。あんたは私の言うことに従っていればいいの」

「絶対にうまくいかないって！」

たちまち尻を蹴り飛ばされたのだった。

3

「ユキちゃんか」

「学校の後輩なの」

咲月が受付にいたオーナーの水嶋浩美《ひろみ》に悠貴を紹介した。

「すまないけど、登録は咲月ちゃんのほうでしてくれるかい？　最近、目が悪くてさあ」

悠貴が幼稚園の頃に習いはじめて以来、長きに渡って指導してくれた恩師だ。単なる泳ぎ方だけでなく、水と戯れることの怖さと楽しさを教えてくれたのも彼女だった。当時からお婆ちゃんだった浩美さんは今はトレードマークのメガネをかけていなかった。

咲月はまるでクラブのスタッフであるかのようにテキパキと働いているようだった。悠貴が知らない咲月の一面だった。

「月謝はどうなの？」

悠貴は咲月に耳打ちした。

しかし、どうやらそれは浩美にも聞こえていたようだ。

（そういえば、地獄耳だったっけ）

「そんなもんいらないよ。ここはもうすぐしたらおしまいだからね」

「……」

懐かしい場所がなくなることを実感して悲しくなってきた。

「でも、ノーウォーター、ノーライフだよ。忘れないでね！」

（出た！　名台詞！）

浩美は顔を皺くちゃにして、聞き慣れた言葉を口にした。

「……ありがとうございます」

「あら？　何だか懐かしい声だね。あんた、どこかで会ったことあるかい？」

緊張で悠貴の顔が引きつった。咲月もじっと様子を窺っている。

「……いいえ。そんなことはないと思います」

「そうか、勘違いかね」

人のいい浩美を騙すことに少し心が傷《いた》んだ。

咲月が事務手続きをしてくれた。だから、しゃべるなと言ったのにと言わんばかりに悠貴を睨んでいる。しかし、それ以上何も言わなかった。珍しいことだ。

少し呆然としている悠貴を見かねたように、咲月が手首を摑んできた。

「さあ、行くよ！」

建物の壁は年季が入っていて、手摺の塗装も剝がれかかっていた。スイミングクラブに入ったばかりの頃、剝がれた塗装が動物に見えて、咲月といっしょにマジックで落書きした場所がまだ残っていたが、さすがに壁にくすんで消えかかっていた。

感傷に浸っていると、次々と記憶が蘇《よみがえ》ってきた。

咲月に水着を隠され、廊下を裸で駆けぬけた小学三年生の夏休み。

腰洗い槽で咲月たちに全身を洗浄された小学四年生の春休み。

陰毛が生えたのを咲月に見つかって女子たちに披露するハメになった小学五年生の冬休み。

（いつも咲月だ！　あいつが絡むと碌な目にあわない！）

「おい、どこに行くんだよ！」

悠貴はクラブの隅々まで知っているつもりだった。

「ほら、着いたわよ」

しかし、押し込まれた部屋には見覚えがなかった。

（ここはどこだ!?）

ピンク色を基調とした壁に年代物のロッカーが置かれている。そのうちいくつかは明らかに壊れていて、扉がなかった。悠貴は咲月の背後に少女が二人いることに気づき息を吞んだ。

（間違いない！　ここは女子更衣室だ）

男子禁制領域ではないか。汗が一気に噴き出した。

競泳水着を着た二人の少女が悠貴に近づいてきた。

小柄の子が一歩前に出た。後ろの娘はモデルのように背が高い。

「咲月ちゃんが言っていた助っ人というのが、こちらの方ですか？」

小柄な少女は意外としっかりした口調で尋ねてきた。

身長は百五十センチもないかもしれない。濡れた練習用水着は光沢のあるピンク色で、胸のサイズはとても控え目だった。

顔立ちもまだあどけなく、子猫みたいに目がパッチリとしている。唇は少し腫れぼったいが小作りで愛らしい。本当にお人形のような美少女だった。ただ、どう見ても小学生にしか見えなかった。

（中学生女子の部の助っ人と聞いていたけど……）

大きな瞳で見つめられて、思わず悠貴はあとじさったが、いつのまにか背後に回り込んだ咲月に背中を押された。

「彼女は久慈世里香《くじせりか》ちゃん。中二で背泳ぎ担当」

咲月が解説をしてくれるらしい。

「よろしくね！」

小柄な少女はそう言って後ろにいる背の高い女子をそっと前に押し出した。

「……やぁん」

大柄な少女は大人びた顔に似合わず子供っぽい声を出した。ずっとモジモジしていて、悠貴とは視線が合わない。

「で、こっちが吉野琴子《よしのことこ》ちゃん。平泳ぎ担当。こう見えて中一だよ」

「えぇッ!?」

悠貴は思わず甲高い声をあげてしまった。

ふだんは意識して低い声を出すようにしているが、こういうときは地声が出てしまうのだ。悠貴のコンプレックスの一つはまだ喉仏が出ていないことだった。

しかし、琴子という少女は自分が早熟なことに劣等感を抱いているようだ。

身長は百七十センチ近くありそうだ。もしかしたらもっと高いかもしれない。そして、大人顔負けのクールな顔立ちが特徴的だった。

何より目を引いたのはバストだ。ブルーの水着の胸元が盛り上がり、窮屈そうにしている。柔らかそうな肉がサイドから少しはみ出している。悠貴の視線を感じたのか、琴子は胸を押さえて俯いてしまい、今にも泣き出しそうな表情になってしまった。

悠貴は慌てて視線を外した。

咲月も小学校の頃、ぐんと身長が伸びて、スカートが短く見えた。スクール水着も小さくなっていた。

血液が股間に集中するのがわかった。

（ここは女子更衣室で、僕は女装しているんだ。バレたらマズい！）

息苦しくなってきた。

心臓の鼓動が彼女たちに聞こえているかもしれない。

世里香と琴子は悠貴をじっと見ている。変な空気が流れた。

（やっぱり男子っぽいのかな？　疑われている？）

耐えきれずに咲月がフォローに回った。

「ごめんね。コミュ障で人見知りで、社会性がない後輩だから自己紹介も満足にできないのよ」

咲月が二人に見えないように悠貴の背中をどついた。

「うぎゃ」

前につんのまりながら変な声を出してしまった。

悠貴は慌てて両手で股間を隠した。見方によっては、女性らしい仕草に見えるかもしれない。だが、目がキョロキョロと彷徨《さまよ》っているのがいかにも不審者だ。

「はぁ、これでも中二で名前は姉崎ゆ……」

咲月は変なところで沈黙した。

（まさか……偽名を考えていなかったのか⁉）

「ゆ？」

世里香が聞き返してきた。

誤魔化すように咲月は咳払いをした。

「ユキっていうの。『悠久』に『貴い』と書いて、ユキって読むのよ」

それは読み方が違うだけで本名だった。

4

「すべてうまくいったわね」

「いってないよ！」

「企画、脚本、演出が私！　怖いくらい完璧だったわ」

「どさくさ紛れに僕の本名を教えたよね？　オーナーに知られたらどうするんだよ」

「そのときはそのときよ」

咲月は面倒くさそうに片手でハエを追い払うような仕草で悠貴を邪険にした。

（僕のことをハエくらいにしか思ってないんじゃないか？）

二人は咲月の部屋にいた。咲月は最近流行《はや》りのボクササイズのゲームに興じていた。

久しぶりに入った彼女の部屋はすっかり変わっていた。悠貴と小学生の頃に集めていたアニメカードなどがなくなり、アロマや小物が置かれていた。なんだか甘い薫りもした。

すっかり女子っぽい部屋になっていた。

「はぁ、はぁ、はぁ」

咲月の汗のフルーティな薫り？　シャンプー？　とにかくいい匂いがした。

アクションのたびに咲月の乳房は弾み、タンクトップの隙間からブラジャーが見えた。

悠貴は視線をそらし、唇を尖らせた。

「助っ人なら女子でいいだろ？」

「それじゃダメなんだよねー」

「どうしてさ」

「うるさいな。ちょっと黙ってなさいよ」

ジャブ、ストレート、フックと一連の流れを繰り出した。なかなか様になっている。だが、そのうち練習台にされるんじゃないかという嫌な予感がする。

「そろそろ制服を返してよ」

この部屋にいると、また変なことになりそうだ。

ようやくゲームを終えた咲月が、向き直った。

「そんな話し方だと男だってバレるよ？」

「んこと言われても……」

「声変わりはしてないんだから、話し方さえ気をつければ女子で通るわよ」

「……」

「せっかく可愛い女の子に変身したのに」

「……可愛くなんか……」

咲月は悠貴を姿見の前に連れていった。

確かにそこには制服を着た美少女がいて、大きい目をパチクリさせている。

自分でも意外だった。気持ち悪いので、見て見ぬふりをしていたが、こうして見ると、女の子にしか見えなかった。

「これが僕？」

「男のときは冴えない感じだったけど、それが逆に女の子になると魅力になるみたいね。元々、化粧映えする顔だと思ってたし」

　咲月は自分の審美眼が正しいと言わんばかりに胸を張った。

「でも、プールに入ったら……化粧が」

「大丈夫。ファンデーションはリキッドタイプを使って、アイメイクはウォータープルーフ……って悠貴にわかるわけないか」

「……カタカナばかり。それって呪文？」

「明日からはメガネの代わりにカラコンをつけたらもっと可愛くなるわ」

「……で、でも、バレるよ、きっと……」

「女の子に生まれたらよかったのにね……そうしたら、私も」

　咲月が何やら意味深なことを言ったが、耳に入ってこなかった。

　悠貴は動揺していたからだ。

　怒りがいつのまにか薄れていた。咲月から可愛いと言われると、胸がざわめいている。

　その新しい世界の扉を開いてはいけないと本能で思った。

「他に水泳できる人はいるだろう？」

「……そりゃいるけど」

「それなら、その子に頼んでよ！　僕は辞退するから」

「ダメよ。二人に紹介したじゃない」

「会ったばかりだから、辞めても気にしないよ」

世里香は大会に参加できることになって喜んでいたが、琴子はずっと怯えていた。もしかして、琴子には男だとバレているのかもしれない。もし、そうなら、今すぐ辞退するするのが正解だろう。

「そういうことじゃないわ」

「え？」

「二人とも美少女だったでしょ？　そして、ベスト・オブ・ビューティのこの私。下手な女の子を誘ったら相手が可哀想でしょ」

「どういうこと？」

「はぁ……悠貴ってバカよね」

咲月は悠貴の顔に向けてパンチを放ち、寸止めにした。

「バカって何だよ!?」

「言葉どおりだよ」

苛ついたのか咲月は悠貴を鏡に押しつけた。

「んん！」

「目をちゃんと開いて見てみなよ。悠貴ならみんなと同じレベルの美少女になれるってことを認めなさいよ」

（もしかして、僕を褒めてくれているのだろうか？）

だとしたら、とてもわかりにくい。そして悠貴としてはまったく喜ばしいことではなかった。

手をようやく離したかと思うと、悠貴が文句を言うまもなく、何かで叩かれた。

「明日からはこれを穿いてから、水着を着るのよ」

それはビキニタイプのサポーターだった。女子用だろうか。

「こんなのパンティにしか見えないし、小さすぎるよ」

「あんまり文句ばかり言っていると、制服返さないわよ」

「……酷すぎる。訴えてやる！」

「始まった。訴えるって、誰に訴えるのよ」

この暴君ぶりを二人の母親に教えてやりたいが、残念ながら周囲の咲月の評価は非常に高かった。悠貴の母親に到っては、咲月ちゃんがお嫁さんに来てくれたらいいのにと言うくらいだ。みんな目が曇っているのだろう。

逆らっても無駄だということはわかっていたが、何か釈然としない。しかも、下半身がなぜか屹立しているのだ。

やけになった悠貴のなかで悪魔的な考えが浮かんだ。

「わかったよ」

5

「ちゃんとパンツを脱ぐのよ？」

「……み、見ないでよ」

咲月の視線から隠れるように背中を向けた。

ボクサーパンツを脱ぐと、スカートの襞が無防備な尻を撫でていく。咲月が去年まで穿いていたのでプリーツの角が取れて心地よかった。勃起がさらに激しくなりスカートを盛り上げている。

幼い頃、庭に広げたビニール製のミニプールで咲月と遊んでいるときのことだった。途中で咲月が悠貴の股間に水鉄砲の狙いを定めて撃ちはじめた。それで飽き足らず、今度はパンツを脱がされ、可愛らしいペニスが標的に変わるまでそれほどの時間はかからなかった。

（あれから十年以上が経っているんだから。目に物言わせてやる）

悠貴は小さいサポーターを二枚重ねで穿いた。思ったよりもキツかったが、思惑どおり肉棒の先端が収まりきらなかった。

「……ほら、穿いたよ」

「もっと女の子らしく着替えなさいよ」

「……」

問題は咲月にどうやって股間を見せつけるかだった。

咲月の性格をよく知っているつもりだ。こちらから誘導すると意図が見抜かれてしまう。だから、全力で嫌そうに睨みつけることにした。

演技がうまくいったのか、咲月が顎をしゃくってきた。

「どんな感じか見せなさいよ」

咲月が少しイラついた表情で催促してくる。

「……やだよ」

内心ではキターと喝采をあげた。それがバレないようにスカートを握りしめる演技をする。

「恥じらうようにスカートを持ち上げてみなよ」

「絶対に男だってバレるよ」

「そんなことないって」

「……近くでちゃんと見てよ」

「面倒くさい奴！」

咲月は片膝をついて悠貴の前にやってきた。さっさとやれと言わんばかりに目配せしてきた。

悠貴は自分でやっていることなのにドキドキした。スカートを掴んだ手が震えだした。

(これは武者震いってやつか？)

今回の咲月の悪巧みはさすがに一線を越えていた。咲月が悪いのだ。

(報いを受けるがいい！)

スカートを持ち上げて、股間を前に突き出した。

「！」

咲月が言葉にならない呻き声をあげた。

(いったいどんな顔しているんだろう？)

だが、スカートを持ち上げていたので、咲月の顔が隠れてしまっている。期待を込めてスカートを下ろそうとしたところ手を叩かれた。

「ちゃんとスカートを捲ってなさいよ」

「え？」

逆らうと恐いので言われるがままにスカートを捲っている変な状況に陥った。咲月は悠貴の股間をじっと見つめているらしい。それを思うと、身体の奥から火照ってきた。恥ずかしいことに、先走り液がドロリと溢れるのがわかった。

「……悠貴って変態？　何で大きくさせているのよ」

「勝手に大きくなるんだよ」

我ながら情けない言い訳をしている。こんなはずではなかったのにと唇を嚙みしめた。

「小さくしなさいよ」

「……そんな簡単にできないよ」

「どうして？」

「男の生理はそういうものなんだ」

隙を見て、咲月の表情を窺った。何か思案しているのか顎に手を置いた瞬間、悠貴は最後のチャンスとばかりに畳みかけた。

「だから、水着を着てもすぐにバレるんじゃね？」

「小さくすればいいだけよね？」

「だ、だから、そんな簡単にできないんだって」

「仕方ないわね」

咲月が溜め息をついたかと思うと、サポーターの上を指で撫でてきた。

身体に電流が走ったような刺激に襲われ、ドクンと肉竿が脈打った。さらに裏筋を指の腹で何度も擦ってきた。

「んんん！」

悠貴は思わず背筋を反らした。

サポーター越しとはいえ、他人、しかも異性に局部を触れられる感覚は凄まじいものがあった。まるで電気が四肢を駆け抜けるような衝撃があった。さらに、咲月は肉棒をむんずと握りしめてきた。

「まったく世話が焼ける奴だ」

言葉とは裏腹に咲月は目を爛々と輝かせ、悠貴のパンパンに膨れたペニスをしごきはじめた。

「や、やめてぇ……」

「何がやめてよ。興奮しているんでしょ？　変な液がトロトロと溢れてきてる」

「あぁんん」

「ちゃんとスカートを持ち上げておきなって」

快楽は増すばかりだった。肉棒はどんどん膨張しているような感覚がする。

悠貴は恐るおそる股間を見下ろした。ひどい状態になっていた。

白地のサポーターがズレ下がり、赤ピンクに張り詰めた亀頭が姿を見せていた。雁首の下から根元にかけて咲月の細長い指が往復していた。

自分でも呆れるほど鈴口に表面張力ギリギリの先走り液が溜まっている。

「生意気に感じてるの？」

「あ、あぁぁん」

いつもは低い声を心がけているが、今はそんな余裕はなかった。

「その調子！　ふだんからそういう声を出せばいいじゃなん。女の子みたいだよ」

「お、女の子じゃない……あぁ、あうぅん」

咲月はじわじわとサポーターを下ろしていく。ペニスはその反動で前に突き出すかっこうになり、溜まりに溜まった粘液がツツーッと糸を引いて滴り落ちていった。

「……もうやめてぇ」

強烈な快楽に悠貴の息は荒くなり、頭がぼうっとしてきた。

脚がガクガク震えて、立っているのがやっとの状態だった。

「自分で蒔《ま》いた種じゃない。あんたの魂胆なんてバレバレだよ。どうせ、私にオチ×チンを見せつけて驚かせようとしたんでしょ？」

「……違うよ」

悠貴はそう言って顔を背けた。

「相変わらず嘘が下手ね。顔をそらして逃げようとしているじゃない」

自分にそんなクセがあるとは気づかなかった。

しかし、咲月がそんな指摘をするのは初めてだった。いつだって、知っているくせにそれを隠すのが咲月だった。

（もしかして……咲月も興奮しているの!?）

顔を盗み見ると、目尻が紅く染まり、唇が半開きになって熱い吐息を洩らしていた。初めて見る表情だった。

「もしかして、こういう経験があるの？」

「……童貞のあんたの物差しで測らないでよ」

「……そ、そうだけど」

悠貴は予想外にショックを受けている自分に気づいた。

確かに咲月は男子から絶大な人気があるが、特定の誰かと付き合っているという噂を聞いたことがなかった。

咲月はずっと子どもの幼馴染みのままだと思っていた。だが、それは勝手な思いにすぎない。

（そりゃさぁ……咲月にもいずれは恋人ができるだろうけど……って僕は嫉妬してるのか？）

咲月を独占したいという願望に気づいてしまった悠貴はさらにショックを受けた。

これでは、咲月の暴君ぶりを歓んで受け入れていることになってしまう。

「……もしかして……あんた私に気があるんじゃない？」

咲月はニヤニヤ笑って悠貴の真意を探ろうとしている。

「それは絶対に違う！」

「そんなに否定することないじゃない!?」

怒った咲月が急所に爪を食い込ませた。

「い、痛い！」

「昔は咲月ちゃん、咲月ちゃんってどこにでもついてきたじゃない」

「いつの話だよ」

「ほんの十年くらい前の話」

亀頭の付け根に親指をグリグリと押しつけてくる。

先走り液で摩擦は緩和されているが、それだけに肉槍の奥からむず痒い快感が突き上げてくる。オナニーとは別次元の快楽だった。

「あ、あ、あ、あ……ぁあぁ……」

「なに？　もしかして、すっごく感じているの？」

咲月はいつものように余裕綽々だったが、目は真剣だった。

先端から溢れ出た粘液が咲月の手首を濡らした。

「エロい液を垂らしちゃって、そんなに気持ちいいんだ。ふーん」

咲月が意地悪く擦り上げるたびに悠貴は喘いだ。その姿を満足げに見たあと、ふとペニスから手を離してまった。

（なんで？　あと少しだったのに……）

恨めしい視線を向けると、咲月は手首についた先走り液をゆっくり舐めとった。

そして桃色の舌で唇をぺろりと舐め上げた。

ゾクゾクする眺めだった。

いつのまにか肉棒はサポーターから完全に露出していた。

「……もっと触って」

「ん？　聞こえないなぁ？」

「チ×ポをしごいて……」

悠貴は顔を真っ赤にしてお願いした。

「それが人にお願いする態度かしら？」

セリフはいつもの強気だが、声は上ずっていた。

（ここでお願いなんかしたら、向こうの思う壺だ……女装がうまくいくわけないじゃないか……）

頭では理解していたが、悠貴のなかの理性が性欲の前でもろくも崩れ去ろうとしていた。

「どうすんの？」

咲月が詰め寄ってくる。

「んぐぅ」

さらに陰嚢に手を這わせ優しく揉みはじめた。

そのまま裏側をなぞっていく。触れるか触れないかという絶妙なタッチだった。もどかしさに股間を前に突き出してしまう。

あっけなく理性が吹き飛んだ。

「お願いです。チ×ポをしごいてください」

「代わりに私のお願いも聞いてくれるんだよね？」

「……」

「どうなの？」

「はい。わかりました」

咲月はしっかりペニスを握りしめ、上下に擦りはじめた。ときに優しく、ときに激しく。予想できない動きに悠貴の性感はどんどん高まっていく。

悠貴は呻きながら腰を切なく前後に振った。

そのたびにスカートがお尻や太腿を掠《かす》めていく。その姿を想像すると情けない気持ちになるが、それすらも快楽の前ではどうでもよかった。

「感じてるんでしょ？」

「あ、ああ……出る。もう出るよ」

「え？　マジ？」

咲月が予想外の反応をした。

悠貴の視界がぼやけ、股間の中心がこれでもかと疼き、射精の瞬間が迫っているのを感じた。

咲月の手の中でさらに激しく腰を振った。

「ちょ、ちょっと待ちなさい」

「い、イク！」

制止するつもりか咲月が肉槍を力強く握ってきた。それが最後の決め手となった。

次の瞬間、マグマが尿道を突き抜けた。

これまでに味わったことのない快感が全身を駆け抜けていった。

ドクドクドク！

尿道が焼けるのではないかと思うくらい熱い粘液がびゅるびゅうと噴出された。

「きゃあ！」

さすがの咲月も悲鳴をあげた。

咲月が悠貴の肉槍を懸命に押し倒そうとしたが、暴走したペニスはそれに抗《あらが》うように銃口を跳ね上げさせた。

ドクン、ドクン、ドクン！

飛び散った精液の一部は咲月の顔に着弾した。

「止めなさいよ！」

悠貴に意地悪な気持ちが芽生え、わざと咲月に向けて射精した。

「止まるわけないよ！」

「ちょっと、あんた！」

咲月は怒気を含んだ表情で睨んでいた。

彼女の美しい顔は大量の白濁液で穢されていた。

第二章　彼氏が水着に着替えたら

1

（やっぱり断らないと……）

自分が女子として水泳大会に出られるわけがない。冷静に考えたらわかるはずだ。善は急げだ。

（咲月に時間を与えるとどんどん外堀を埋められてしまう）

朝イチで家に行くと、咲月の母親が現れた。すでに登校したらしい。母親は悠貴の寝癖を撫でつけながら「気をつけて行ってらっしゃい」と言ってくれた。

（こんないい人から、どうしてあんな悪魔が生まれたのだろう？）

悠貴は早足で学校に向かった。

いつもと同じ朝だった。

悠貴に注目する者などいない。廊下の窓ガラスに映った自分は、いつもの冴えない男子中学生だった。

物足りない寂しさを感じた。

「……ない、ない、ない。ありえない」

悠貴は危ない考えを必死で否定した。

教室に入ると、すぐにクラスメイトが話しかけてきた。

「悠貴、サッカー部を休部するんだって？」

「え？」

「なんでおまえが驚くんだよ！」

咲月の仕業だとすぐにわかった。

クラスメイトが詳細を教えてくれた。

「昨日の夜、キャプテンからメッセージが来てさ。なんか知らないけど、来月までは悠貴を部活に参加させないというんだ。おまえ何かしでかしたの？」

「……いや、何も……」

「ま、どうせ、夏前に三年は引退するんだから、休むのもいいと思うぜ？　これから俺たちの時代を作ろう」

外堀はすでに埋められていた。時すでに遅しとはこのことだ。

悠貴はすぐさま咲月の教室を目指した。

上級生の教室に行くのは緊張するが、昨日の体験した羞恥心と恐怖を考えれば、こんなことはたいしたことではなかった。だが、咲月はそこにいなかった。

(どうでもいいときにはいるくせに、必要なときはいない!)

それから休み時間のたびに咲月の教室に行ったが会えなかった。

(そっちがその気なら、やることは一つだ!)

放課後すぐに下校することにした。ホームルームが終わると、悠貴は教室を飛び出した。ところが、廊下に出た瞬間、腕組みをしている咲月が目の前にいた。すぐに踵《きびす》を返したが、首根っこを摑まれてしまった。

「何で逃げようとしてるわけ?」

「……わかってるだろう!?」

「おかしいなぁ。何度も私の教室に来てたんでしょ? 用事があったんじゃないの?」

「それは……」

咲月は自分の身体を抱きしめて悶えてみせた。

「私に会いたくて会いたくて……我慢できなかったの？」

「絶対に違うから！」

「とにかく、そんなとこでゴチャゴチャ言ってないでこっちに来なさい」

咲月に引きずられて理科室に入った。遮光カーテンが閉まっている。もちろん授業中以外は鍵がかかっているのだが、なぜか咲月は鍵を持っていた。

ドアを閉められた。

「はい。じゃ、着替えて」

咲月がエナメル製のスポーツバッグを投げつけてきた。

中身を見なくてもだいたい想像がついた。

「やだ！　着替えないぞ！」

「反抗したら痛い目にあうわよ？」

咲月はすばやく右ストレートを繰り出し、腹を小突いた。力はそれほど入れていないだろうが、わりとダメージがあった。

「……うっ。暴力反対！　暴力では何も解決しないんだ」

「悠貴のくせに生意気言わないのよ」

今度は腹を狙われた。さすがに寸止めだったが、パンチの速度に内心驚いていた。ボクシングで闘ったら、十秒でKOを食らうだろう。

「今度ばかりは絶対に言うことを聞かないからな」

「誰に口をきいてるの？　昨日、私にあんなひどいことしてくれたくせに。そんな態度に出ていいわけ？」

白濁液にまみれた咲月の顔を思い出した。ピンク色の唇にも精液が飛び散り、いやらしく濡らしていた。

「……」

「なにさっさと逃げてんのよ」

悠貴はあのあと咲月の部屋から逃げ出したのだった。本当はあの件も謝ろうと思っていたのだが、とても謝るような雰囲気ではなかった。

「……近づくな。声を出すぞ」

悠貴は隙を突いて距離をとった。

すると咲月は自らブラウスのボタンを外しだした。水玉模様のブラジャーが露《あらわ》になった。

「騒いだら、みんなはどちらの言い分を信じるかしら？」

「……そ、そんな。卑怯だ」

悠貴は顔を背けた。しかし、咲月の姿が目に焼きついていた。ブラジャーに包まれた膨らみはぷるぷると揺れていて、ブラウスがケープのようになびいていた。

咲月が目の前に立っていた。どんな罵詈雑言《ばりぞうごん》を浴びせられるかと思っていると、意外な言葉を口にした。

「そんなに嫌なら、辞めてもいいのよ？」

「え？」

顔を上げて咲月を見ると、いつになく寂しそうな顔をしていた。

「思い出を作りたいというのは私のわがままなわけだし……」

「……でも……」

「……先生に恩返ししたかったのもあったんだけど」

今まで見たことのない咲月の表情が悠貴の胸に突き刺さった。

（……先生に恩返し……）

悠貴はスイミングクラブのオーナーの顔を思い出した。彼女の目はあさっての方向を向いていた。指導の際に見せた熱心な目の輝きは失われていた。

しかし、闊達《かったつ》な性格は以前と変わらないままだった。それが逆に痛々しかった。

「ごめんね」

咲月が背中を向けてブラウスのボタンをかけていく。

「や、やるよ。やればいいんだろ？」

悠貴は掠れた声で呟いた。

「……本当？」

「その代わりそっちもちゃんと協力してよ」

咲月が振り返った。一瞬、ニヤリと笑った気がした。

「もちろん、協力するわ。今日はこの前よりも本格的にメイクしてあげる」

悠貴はやはり騙されたのではないかと思ったがあとの祭りだった。

2

スイミングクラブに着くと、悠貴はスクール水着を身につけた。

股間の膨らみがわかりにくいスカートが付いているタイプだった。しかも、胸にはゼッケンが貼ってあり「鶴見」と書いてあった。つまり、咲月が一年生のときの水着だった。すぐに競泳水着が用意できるわけじゃないので、とりあえずの措置だったが、これも咲月の計略のような気がした。

最年少の琴子が悠貴をなぜか睨んできた。

練習中も琴子はこれ見よがしに咲月にべったりになり、フォームなどの助言を求めている。

そのせいで、悠貴は世里香の隣のレーンで泳ぐことになった。

他のレーンでは一般客が泳いでいるがまばらだ。

(三人は競泳水着なんだな……しかも、みんなハイレグ……)

世里香は小柄だったが、お尻は意外とむっちりしていて、尻肉に水着が食い込んでいた。

泳ぐのは世里香のほうが速かったので、自然と向こうのヒップを目にすることになる。

(ブランクがあるとはいっても……あまりにフォームがなってない……)

悠貴は自分の予想よりも泳げないことにショックを受けた。しかし、それには理由があった。言い訳をさせてほしい。

胸に入れたパットは乳首を擦り、ウィッグ越しの水泳帽は大きく膨らんで、どうしてもバランスが悪い。だが、最悪なのは、サポーターとスクール水着に締めつけられた股間だった。バタ足のたびに擦れて、その刺激で思わず興奮してしまうのだった。

しかも、女装をして下校するという大胆な行動をとったことが、妖しい気持ちに火をつけ、それがまだ尾を引いていたのである。

幸いクラスメイトには遭《あ》わなかったものの、上級生や下級生とはすれ違った。ふだんは視線を感じなかったのに、女の子の姿だと他人の視線をびんびんに感じた。いつのまにか下半身が勃起して先走り液が溢れるほど興奮していた。

今もその興奮は続いていて、まともに泳げる状態ではなかった。

「遅いですね」

ようやく泳ぎきって、プールから上がると、世里香がストレートに酷評してきた。

咲月と琴子も同じ感想だったはずだ。世里香はがっかりした表情で咲月を見やり、琴子はあからさまな軽蔑の目を向けた。

(僕は戦力外ってことか……)

こんなかたちでチームから外されるとは思っていなかったが、不甲斐なさが込み上げてきた。

「ちょっと」

咲月が手招きしている。

咲月は悠貴の手首をぎゅっと摑んで言った。

「本気でやりなさいよ」

どうやら咲月は悠貴を買いかぶっているようだ。

「……情けないけど、これが今の本気だよ」

「変に力が入りすぎているんじゃない？」

いつになく咲月の目は真剣だ。

「仕方ないだろう」

「何が仕方ないの？」

「だって……あそこが」

悠貴は声を潜めて訴えた。

咲月は半眼で睨んできたが、世里香たちに向かって明るい声で言った。

「ちょっとユキの緊張をほぐしてくるから、練習を続けて！」

「はーい！」

世里香が手をあげて応えると、すぐにプールに飛び込んだ。

琴子はどうしようかとキョロキョロしてたが、やがて飛び込み台に立ち、スタートのポーズになった。形のよいお尻に競泳水着が食い込んで、重たそうな乳房がたわんだ。

その仕草をチラ見しただけで、悠貴の肉棒はさらに充血した。

「さっさと来なさいよ！」

プールに隣接したフロアには小学校低学年の生徒たちがいた。これからレッスンの時間のようだ。

「どこに行くんだよ」

向かった先は女子トイレだった。

ピンク色の空間には塩素の匂いと男子トイレにはない甘い薫りが漂っていた。古い建物なのにトイレはすべて洋式で、ウォシュレットもついていた。悠貴は奥の個室に連れ込まれた。

扉を閉めると同時に咲月は悠貴の股間をぎゅっと握ってきた。

「性懲りもなくこんなに大きくさせちゃって！」

「やめてくれよ……」

「いいでしょ？　興奮している証拠じゃない」

咲月はぴしっとお尻を叩いてきた。

「うぅ」

「手をついてお尻を突き出すのよ」

躊躇しているとまたお尻を叩かれてしまった。渋々従って便座に手をつくと、ヒート機能のせいか人肌のように温かかった。

（咲月や世里香たちもここでオシッコを？　うぉ、何を考えているんだ！）

スクール水着のスカートが捲られた。

「やっぱりこれだとさすがに小さいわね」

そう言いながら、咲月は悠貴の股間に手を這わせた。

腹に向かって屹立した肉棒が窮屈そうにひくついている。そのまま水着の上からしごかれてしまう。

「ひゃぁん！」

「まるで女の子みたいな悲鳴じゃない」

咲月はどこで習ったのか巧みに手を動かしている。

亀頭が水着の中でサポーターから飛び出してしまったようだ。その刺激がまた興奮を倍増させた。

頭がぼうっとしてきて、身体が熱くなってきた。

「んひゃんんぅん」

「そういう可愛い声で二人と話せばいいじゃない」

「そんなのバレるよ……んぁあ」

咲月が悠貴のヒップを撫でなでしはじめた。

（ゾクゾクが止まらない！）

咲月の責めは止まらなかった。

水着の端から指を差し入れては、尻肉をこねくり回している。その間も休むことなく、肉棒をしごきつづけている。

さらに水着を尻の割れ目まで引っ張ってしまった。Tバックのように水着が食い込み、会陰やアヌスが妖しく疼いた。ちょっと覗くと、水着から陰嚢がはみ出していた。

「ん、んひぃ……んあぁ」

快楽の火花が全身に散っていく。

悠貴は悲鳴をあげることもできず、便座を握りしめるしかなかった。いつのまにか無防備の臀部を差し出して、おねだりするかのように揺らすかっこうになっている。

今までさんざんいじめられてきたが、まさか性的ないじめにまで発展するとは思わなかった。

「……ああ、出ちゃうよ。んあぁ」

いつ射精してもおかしくない状態だった。

我慢しているわけではなく、単純に水着の締めつけがきつすぎて、射精に至らなかっただけだった。

「やめてぇ……」

「さっさとイキなさいよ」

「水着が……汚れちゃう……」

「大丈夫よ。どうせ濡れているんだから気づかれないわ」

咲月は肉竿をさらに激しくしごいて、尻の谷間に食い込んだ水着をぐいぐい引っ張っている。そうやって悠貴の行き場のない官能の炎を激しく煽っているのだ。

「!?」

そのとき女子トイレの扉が開く音がした。

(誰かが入ってきた!?)

足音に悠貴の血が凍りついたが、咲月が気を利かせて擬音装置のスイッチを入れた。その誰かも個室に入るとすぐに擬音装置をオンにし、トイレットペーパーを巻き取る音が聞こえていた。

だが、咲月は悠貴の尻肉を優しく撫でるのをやめなかった。

（……やめてくれ）

首を捻って振り返ると、咲月もまた熱に浮かされたようなぼんやりした目をして熱心にペニスをしごいている。そして親指を敏感な裏筋に押しつけ摩擦した。

悠貴は視界が真っ白になるほど昂《たかぶ》っていた。

「……う、んぅ……うぅ」

悠貴は声を出さないように口を覆ったが、どうしても甘い吐息が洩れてしまった。

（これじゃ、バレてしまう）

まともに立っていられず、脚がガクガクと震えていた。

用を済ませた誰かは悠貴たちに気づいていないようだった。洗面所で水を流す音がして、そのまま去っていった。

「も、もう勘弁して……んあぁ」

緊張感がハンパなかった。それなのに肉棒はさっきより膨らんでいる気がした。

「こんだけ興奮しているくせに、なによ、その言い方は」

咲月は唇を舐めたかと思うと、悠貴に覆い被さってきた。

陰嚢ばかりかペニスの先端も剝き出しにされてしまう。ぐちゅぐちゅと手コキを受けて、先走り液の激しい粘着音が響き渡った。

これまで圧迫されていたぶん、その解放感たるやすさまじいものがあった。ひりひりと亀頭は空気を感じ、ひくひくと痙攣していた。

とてつもない快楽が背筋を何度も何度も駆け抜けていった。

「んん、んなぁ……」

すっかり便座に上半身を伏せて、尻だけを後ろに突き出していた。

「なにそのかっこう。卑しいったらないわね」

「あ……あぁあ……イク、イクゥ！」

悠貴は射精の予感に打ち震えた。

(なんて気持ちいいんだ。早くイキたい！)

このまま射精すれば床やなにかを汚してしまうが、そんなことはどうでもよかった。

「さっさとイケばいいわ」

「あぁぁぁんん……イクッ！」

悠貴は自分でも驚くほど甲高い声で喘いでいた。

会陰の奥から官能のマグマが噴火するのを感じた。昨日の手コキによる射精も凄まじかったが、今日はその比ではなかった。

小さいスクール水着の締めつけのせいで、尿道もまた圧迫されているせいか、時間をかけて熱い白濁液が昇ってきた。

「うごおぉぉ！」

大量の粘液が敏感な尿道粘膜を激しく摩擦する。

ドクンと大きく肉砲が跳ねた。

腹を打つように暴れんばかりに肉竿が飛び跳ねた。

「いやっ！」

さすがの咲月も悲鳴をあげて飛び退《の》いた。

びゅるっと音がして白濁液の塊《かたまり》が勢いよく射出された。次から次へと粘性の高い精液が尿道を掻き分けて溢れ出てくる。

ドロッとした粘液は便座や床に飛び散った。

「んなぁぁ……あぁくぅ」

あまりの快楽に悠貴は頭がクラクラした。

射精のたびに尿道から強烈な快感が沸き起こった。意識が途切れそうになるが、なんとか堪《こら》えるのがやっとだった。

3

「信じらんない！」

飛び散った大量の白濁液はトイレットペーパーでおおかた咲月が拭《ぬぐ》い取ったが、水着には付着したままだった。咲月が拭こうと水着の股間部に手をやると、再び勃起した肉槍を目にしたのだ。

亀頭にも泡まみれの白濁液が絡みついている。

それを見た咲月は悠貴を女子トイレから連れ出した。

悠貴の男根は水着の裾から完全に露出し、縁が根元に食い込んでいた。悠貴は片手で押さえつけようとしたが、勃起が激しくて歩くたびに情けなく上下にぶるんぶるんと揺れた。

「……どこに行くんだよ！」

「それを洗わないと」

今度は女子更衣室の奥にあるシャワールームに連れ込まれた。そのとき、一瞬二人ともハッとした。そこには小学生らしき少女が立っていて、こちらに気づいた様子だった。小学生にしては妙に発育のいい身体つきをしていた。正直、美少女である。互いにあいまいな会釈をした。どうやら、悠貴のことを怪しんでいるわけではないようだ。

「どこ見てんのよ！　さっさとしなさいよ」

咲月が強く手を引いた。

シャワールームの個室に入った。

咲月は鍵を閉めると同時に、悠貴のペニスを少しはたいた。

「んん！」

「なに勃起させてるのよ!?」

声を落としてすごんでいる。

「そんなことしたら痛いよ」

「悠貴のくせに発情するんじゃないわよ」

なぜかわからないが咲月は不機嫌になっている。

「急にどうしたんだよ。僕に当たらないでよ」

「ふん！」

咲月がシャワーの湯量を最大限にして悠貴の顔にかけてきた。

「うぷぅ！」

「すぐに目移りして」

水が鼻に入ってしまった。噎せこんだ。

「な、何の話だよ？」

「声が大きい！」

「痛っ！　くう」

今度は殴られた。けっこう本気だった。

「さっきの女子よ。いやらしい目で見てたでしょ」

図星だったので、なにも反論できなかった。

「このロリコンめ！」

「ロリコンってなんだよ！　さっきの女の子は僕とたいして歳が違わないじゃないか！」

悠貴は意図的に声のトーンを上げた。

そうすると、シャワー攻撃がやんだ。

濡れた目を拭って、顔を上げた。

「うお！」

悠貴は思わず呻《うめ》いた。

いつのまにか咲月が水着をお腹まで下げていた。

(どういうことだ⁉)

張りのある瑞々《みずみず》しい乳房が悠貴に向かって突き出されていた。二つの膨らみはシンメトリーで、サイズ感はちょうど手にぴったりと収まりそうなくらいだった。

肌は水を弾き、内側から光っているかのように輝いていた。ピンク色の乳首も初々《ういうい》しくて今にも壊れそうなくらい儚《はかな》くて繊細だった。

(どんなエロ画像よりも、咲月のオッパイのほうがエロい……)

しまったと悠貴は身構えた。

(つい見とれてしまった……)

きっと鉄拳制裁を食らうだろう。恐るおそる咲月の顔を見た。横顔が女神の彫像のように美しかった。水泳帽から垂れた一筋の黒髪が頰に貼りついていた。頰がやや赤く染まっていた。

心臓が鷲摑みにされたような感覚が走った。

「は……そろそろ戻らないと……」

悠貴はなんとか言葉を絞り出した。

（この変な空気に耐えられない。なんでオッパイを見せているんだ？）

シャワーの水音が響いている。

咲月は唇を噛んで瞳の奥に炎を宿したように輝いていた。こんな顔を見たことがなかった。

気まずくなって逃げようとした瞬間、いきなり股間を掴まれた。

「んぐぅ」

あまりの痛みに天を仰いだ。

次の瞬間、射精を終えたばかりの尿道が疼き、肉槍の先端に新しい刺激が走った。

何とも形容しがたい感触だった。まるで蛞蝓《なめくじ》が早足で駆け抜けていくような……

「何……してんの？」

「んん、チュプ、んぷ」

恐るおそる下を見ると、咲月が跪《ひざまず》いていた。

「ああ！」

思わず大声が出た。

あの暴君の咲月が舌を悠貴のペニスに這わせていたのだ。

ありえない光景だ。しかし、とてつもない快楽はリアルだった。

咲月の唾液が先走り液と混じり合い、肉竿に滴り落ちていく。細くてしなやかな指でしごくと、摩擦音と潤滑油の粘着音がリズミカルに鳴った。

「なに見てんのよ？」

咲月はいやらしい目で睨みつけてきた。

「あ、ごめん」

悠貴はいつもの癖でつい謝ってしまう。

いまだ現実が受け入れられなかった。

咲月のリップを塗ったように艶やかな唇が亀頭にキスしていた。それだけで脳味噌が沸騰しそうになる。そして唇はぱっくり開いて亀頭を呑み込んでしまった。

口腔内の感触と温もりで肉棒がぴくんと痙攣した。

「……これが……フェラチオ……？」

その言葉に咲月が口を窄《すぼ》めてきた。それ以上変なことを口にするなと言う警告かもしれない。だが、その刺激は快感を高めるだけだった。

咲月の頭が前後に揺れだした。それに合わせて美乳が上下に躍っている。そして、咲月は片手で男根をしごきつつ、もう一方の手を自分の股間に持っていった。水着越しに摩擦する指はかなり激しく動いている。

目が釘づけになった。

「んんん」

咲月は相変わらずときおり悠貴を見上げてきた。

下手したらペニスに噛みつかれる恐れもあったが、エッチな咲月から目をそらしたくないという願望が勝っていた。

「咲月ちゃんが可愛いから、目をそらせないよ」

「はぁ？　あんた何言ってんの？」

「え？」

自然に口をついて出た言葉に悠貴自身も戸惑っていた。

(これは本音？　いや、本音のわけがない。きっとその場しのぎの言い訳だろ)

悠貴の葛藤をよそに、咲月は先ほどよりも熱心にフェラチオを再開していた。

「つぅ……」

裏筋に舌を這わせたかと思うと、亀頭の先に唇を押しつけて吸引もはじめた。尿道に詰まった先走り液も吸い取られ、それだけで軽い絶頂に達したような刺激があった。

雁首が頬の裏側に擦りつけられるたびに、会陰の奥に官能のマグマが湧き上がってきた。

「はぁ……はぁ、はぁ」

あとじさった悠貴は壁に激しくぶつかった。転倒しそうになり、慌てて蛇口を摑んだ。勢いよく捻ってしまったせいで、シャワーヘッドが床に落ちて暴れ回った。

咲月がそれを自分の股間に押しつけた。

「んんんんんーーぅん」

咲月が喘ぐたびに肉棒に振動が伝わってくる。

裏筋に舌が強く押し当てられ、あるいは唇で挟まれる。頭が離れると、口がおちょぼ口になり、やがてヌラヌラした肉竿が現れた。

（なんてエロいんだ。くそ、さっき出したばかりなのに！）

目の前で火花が弾けだす。

「また……また、出ちゃう」

「はむぅ、んん……ううん」

咲月は悠貴を見上げて頷《うなず》いた。

目は潤んでいて、口の端からは唾液が溢れていた。乳房の先端はすっかり尖っていて、鮮やかに色づいている。

そしてシャワーを自分の股間に押しつけて淫らに上下に動かしている。

美しいヒップをもどかしげに左右にくねらせているのだ。

「んん……んんひぃ、ひくぅ」

(もしかして、イクって言った？)

悠貴はあまりの快楽に頭がうまく働かなかった。

「んあぁ……出る。出るぅ……」

悠貴の身体は発作が起きたようにぴくぴくと痙攣した。

(さっき人生最高の射精をしたばかりじゃなかったのか!?)

一時間も経たないうちに簡単に記録を更新してしまいそうだ。

咲月の手コキが肉竿の根元で止まった。

力が込められた。

悠貴はアヌスに力を込めて射精を我慢しようとした。しかし、強烈な快楽には抗《あらが》えなかった。あと一回のストロークで、熱い粘液を噴出させることができるのだが、なぜか咲月の動きが止まったままだ。

「んんんんッ！」

咲月の口からくぐもった呻き声が洩れた。

しばらくして咲月が震えだした。一足先に咲月が絶頂を極めていたようだ。

シャワーが再び床で暴れだした。

「咲月ちゃん……」

「くぅぅうう！」

それでも咲月はペニスを咥えたままだった。舌を男根に絡みつかせ、そこから微細な振動が伝わてくる。

今の悠貴にはそれで充分だった。

「僕も、イク……あぁ、出るぅ！」

悠貴は背筋を反り返した。

スクール水着が引っ張られ、胸パットが乳首を擦った。くすぐったいような感覚も、快楽に呑み込まれていく。

(乳首も感じてるぅ！)

視線の先では、咲月の本物の乳房が小刻みに震えていた。そこに触りたい衝動に抗えず、悠貴は自分の胸を揉んでいた。

ペニスがびくんと勢いよく跳ねた。

その瞬間、白濁液が勢いよく咲月の喉に発射された。

「ん！　んん！」

精液は二度、三度と立て続けに放たれた。

熱い粘液が駆け抜けていく衝撃は悠貴の心身を狂わせるほどの強い快感だった。

ドピュゥ！　ドピュッ！　ドピュン！

「んんん！」

驚くことに咲月が男の樹液を受け止めてくれた。

顔に受けるのを避ける苦肉の策だろう。その証拠に、咲月は悠貴を睨みつけていた。

しかし、火照った頬や涙袋が桃色に色づいていて、それが妙に色っぽかった。


その後、プールに戻った悠貴からは肩の力が抜けていた。

疲労したのが幸いしたのか、自然なフォームで泳ぐことができた。まったく歯が立たなかった世里香と対抗できるまでに向上していた。

「ユキさんのフォームから力が抜けてます！　すごいじゃないですか？　咲月さん、どんな魔法を使ったんですか？」

世里香がはしゃいだが、咲月は顔を背けたまま黙っていた。

第三章　女子校で駅弁ファック

1

「……誰か来るよ」

悠貴は声を潜めた。

そこは水嶋スイミングクラブのボイラー室だった。蒸気音がうるさく熱気に茹《ゆ》だりそうだ。悠貴は咲月といっしょだった。もちろん、二人とも女子の制服を着ていた。

咲月が背後から体重を預けてくると、悠貴はなんとか両手を壁について身体を支えるしかなかった。

そのままスカートを捲り上げられた。

「なんで、男物を穿いているのよ」

咲月は悠貴がボクサーブリーフを穿いているのを見て意地悪くお尻を抓《つね》った。

「痛い！」

「あんたまさかパンティまで私のお下《さ》がりが欲しいわけ？」

「ち、ち、違うよ」

「慌てちゃって……逆に怪しくなるからやめてよ。本当に女の子になりたくなってきたとか？」

「そんなことないよ」

女性用の下着着用を強要されたが、断固拒否した。それは男としての最後の砦だった。

しかし、男としてのプライドは簡単に引きずり下ろされた。

肉砲が跳ね上がり、スカートを持ち上げている。

「ねぇ、何でいつも勃起しているの？」

「……そんなの知らないよ」

「知らないわけないでしょ。自分の身体じゃない」

「知らないよ。勝手にこうなっちゃうんだよ」

「興奮しているからでしょ！」

咲月がスカートの生地で肉槍を包んできた。

プリーツの入ったスカートで男根を擦り上げていく。咲月が去年まで使っていたスカートなので、とても柔らかい感触だった。夏用の薄手で、咲月の指の動きがダイレクトに伝わってくる。

（うぅ、ヤバい。感じてしまう……）

亀頭を包む生地が湿り気を帯びはじめた。

「んん……んあぁ」

汗が噴き出してきた。

ウィッグが額やうなじに纏《まと》わりついてくる。

「悠貴の首筋ってなんだかエロいよね」

咲月は吸血鬼のように悠貴の首にキスをした。

（首筋がなんだかゾクゾクする）

それに呼応するように肉棒が激しく勃起した。咲月の手が前後に動き、スカートの皺が深くなっていった。

「よ……汚れちゃうよ」

「何が？」

「スカートだよ」

「そんなの気にするなんて、女の子の自覚ができてきたの？」

耳朶《みみたぶ》を甘噛みしながら、咲月が囁いた。

「違うよ」

悠貴は身を翻《ひるがえ》して咲月から逃げようとした。しかし、壁を背負うことになっただけだった。咲月が肉棒を離していないのだからそれは無理な話だった。

「ここは男だって主張しているわけ？」

咲月はスカートを捲り上げ、ペニスを露出させた。そして、ブラウスのボタンを器用に外し、ブラジャーを押し上げ、見事な乳房を曝け出した。

やや外向きだが、相変わらず見事な乳房だった。しかも、肌が汗で光っていて、南国のフルーツのような甘い薫りがいつもよりも濃厚に漂っている。

男根がさらに膨張し、痛いほど屹立していた。

「エッチ！」

「……仕方ないじゃないか」

「何が？」

咲月が魅力的なので勃起してしまったのだが、恥ずかしくて素直に言えるわけがなかった。

「……か、勝手に勃起するんだよ」

「ふーん、少しの刺激で勃起するのは確かね」

咲月が手を離した。

悠貴の答えが気に入らなかったのだろう。

咲月は膝をついた。またフェラされるのかと期待したが、そうではなかった。予想もしていなかったが、咲月は胸元にペニスを押しつけ、両サイドから乳房を寄せてきたのだ。

「んぉー……パイズリぃ！」

乳房に肉竿が隠れ、亀頭が少しだけ顔を出す。

「これで逃げ出せないでしょ？」

汗で濡れた乳房はますます滑って、肉が摩擦しあう卑猥な音がボイラー室に響いた。

擦るたびに咲月の乳房の甘い薫りが濃くなり、咲月が熱い息を亀頭に吹きかけてくる。

悠貴はコンクリートの壁に爪をたてた。

血が沸騰するのがわかった。冷たい壁が心地よかった。背中には汗が噴き出し、ブラウスが身体に貼りついていた。

「あぁ、イク。イッちゃうよ！」

「暴れるんじゃないわよ」

跳ねるペニスを押さえつけるために、咲月はさらに密着してきた。

汗が目に流れ込んで沁みた。しかし、快楽の津波が悠貴を翻弄した。

（僕はどんだけ感じてしまうんだ！）

平たくした舌で亀頭をねぶったかと思えば、次は舌を尖らせて、尿道を抉《えぐ》るように刺激した。

（痛痒い！）

高温多湿のボイラー室の中で、咲月も汗塗《まみ》れになっていた。

うなじから滴る汗が、乳房の谷間に流れ込み、パイズリの動きをさらになめらかにしていた。

「んぐッ！　もう限界だよ」

「出るの？」

「んんん！」

悠貴は激しく頭を上下に振った。

咲月が亀頭を口に含んだ。その瞬間、夥《おびただ》しい量の白濁液が吐き出された。

2
「今日は水着が違うんですね」

「……うん」

世里香が早速指摘してきた。

さすがにスクール水着では出場できないので、咲月が競泳用水着を貸してくれたのだ。

(そういう世里香もこの前より本格的な水着だ)

華奢な身体に水着が食い込み、ハイレグでお尻が半分近く露《あらわ》になっている。視線に気づいたようで、世里香が自分の水着を説明しはじめた。

「最近の水着は水の抵抗をどこまで減らすかの戦いです。私みたいなぺっちゃんこは有利です」

そう言って世里香は胸をそらした。乳首がかすかに浮かび上がっていた。

彼女が言うように競泳水着は抵抗を減らすためにとても窮屈になっているのを身をもって知った。しかし、女子中学生の都大会レベルでは、そこまで本格的なものは必要ないだろうと悠貴は思った。

（しかし、合法的にこうやって間近で女子のきわどい水着姿が見られるのはいいな。特にV字に食い込んだ股間なんて縦筋ができているじゃないか……まぁ、さすがに僕には無理だけど）

実際、悠貴もそのハイレグを着るように命じられたが、すぐにペニスがはみ出てしまったのだ。

その結果、咲月が持っていた未使用のイギリス製の競泳水着を着ることになった。太腿の中ほどまで生地があるハーフスーツと呼ばれるもので色気はなかった。

（咲月が使わなかった理由がよくわかるよ……）

この水着は脱ぐのはともかく、一人では着用できなかったのだ。胸のパッドが潰され、わずかな膨らみだけが残っている状態だった。もちろん、下半身も押し潰されていて、股間部分はツルツルになっている。

困ったことに、少し動くだけで肉棒が擦られて興奮してしまうのが欠点だった。

「本格的なのにしたのね？」

「うん」

隣のレーンの世里香はコースロープに上半身を預けて話しかけてくる。天使のような愛らしい顔立ちをしていて、前のめりになっても本人が言うように乳房の膨らみはほとんどなかった。そのくせ、水面から浮かび上がった尻はむっちりした桃尻だった。

（外国のタレントみたいな豊満なヒップだな）

視線に気づいたのか、彼女は下半身を水に隠してしまった。

ヤバいと警戒したが、世里香の表情には嫌悪感は見られなかった。

「私たち同い年ですよね？」

「うん」

悠貴は頷くばかりだった。

咲月以外のメンバーと話すのにはまだ緊張した。

「秋に修学旅行があるでしょ？」

たしか彼女の学校は名門中高一貫のお嬢様学校だったはずだ。公立校に通う悠貴と同じ行事があるのかどうかはわからないが、どうやら修学旅行は同じ時期のようだ。

共通の話題ができたことで、悠貴は少し気が楽になった。

「北海道に行くんだ」

「私は京都。すっごく楽しみ」

「舞妓《まいこ》さんのコスプレはするの？」

悠貴の京都に対するイメージはその程度のものだ。女子の話題となるとさらにちんぷんかんぷんなので、舞妓が出てきただけでも上出来だった。

（おしろいを塗らなくても、世里香はお人形のように可愛らしいから着物も似合うんだろうな）

しかし、世里香の反応を見るかぎり、舞妓の話は空振りのようだ。

「うーん、そういうのはあんまり興味ないかなぁ」

「じゃあ、お寺とか見て回るの？」

「ううん」

彼女は首を左右に振った。

そして、悪戯っぽく微笑んできた。

「クイズです。ヒントは私もユキちゃんも同じ体験ができます」

「北海道でもできるってこと？」

「そう。どこでもできる」

立ち泳ぎに疲れた悠貴もコースロープに身体を預けた。考えてみたが共通点が見つからない。

「うーん、わからない」

「答えはみんなでお風呂に入ること」

「え？　それが楽しみなの？」

「うん。ちょっと潜ってみて」

「え？　どういうこと？」

悠貴の頭の中にクエスチョンマークが浮かんだ。戸惑っていると、世里香が悠貴の頭を押さえてきた。

（何をするんだ！）

鼻から水が入ってくる。

（女子という生き物は、みんな暴力的なのか!?）

目を開けると、彼女の身体が目の前にあった。

華奢な身体つきだが、腰の括《くび》れから張りのあるお尻に至るラインが素晴らしかった。

（ひょっとしたら一番……食い込みが激しいんじゃないか？　でも、何をする気なんだ？）

いきなり彼女が股間部の薄い生地を横にずらした。

しかも、片脚をY字バランスを取るように高く持ち上げたのだ。

悠貴は思わず目を見開いた。ほんのすぐそこで恥丘が見え隠れしている。

「ンンン！」

鼻から空気が溢れた。その向こうに少女の股間が陽炎《かげろう》のように揺らめいている。

（どういうこと？　どういうことだ？）

なぜ彼女が秘部を見せつけてくるのかはわからないが、この偶然の機会を逃す手はない。ついに割れ目は丸見えになった。そこは肌色が透き通るほど綺麗だった。

（水が揺れていてよく見えないな）

しかし、願いも虚しく世里香の隣のレーンを咲月がバタフライで通り過ぎていった。

「ぷはぁ！」

時間オーバーだった。悠貴は顔を水面から出した。

すぐさま世里香が顔を近づけてきた。

「どうだった？」

子猫のように大きい目が悠貴を見てくる。カールした長い睫毛の上に水滴が光っている。

「……何が？」

「あれ？　見えなかった？」

自分が赤面するのがわかった。悠貴は視線をそらした。

それだけでバレてしまったようで、ふふふと彼女が笑う吐息が頬に当たるのを感じた。

「……」

「剃ってるの」

「え？」

「あそこの毛を剃っているんですよ」

「どうして？」

口を水面に沈めて尋ねた。

「ハミ毛したら恥ずかしいでしょ？」

「……」

「というのは……建前。だって、みんなと同じって面白くないでしょ？」

「同じって？」

「中学生になったら毛が生えてきて胸が大きくなる……そして、男の子のことばかり話すとか飽きあきです」

「……そういうものかな？」

悠貴は平静を装った。

（もしかしてバレてる？）

思わず股間に手をやった。

「昔、私は病弱だったの」

話が脱線したのは幸いだった。女の子は一つの話題を突き詰めないのが特徴なのかもしれない。少し浮き世離れした世里香だからよけいそう思うのかもしれないが。

しかし、彼女は真剣な顔をしていた。

「小学校の頃は学校にいる時間よりも、病院にいる時間のほうが長かったと思います……身体を強くしようと運動をしてみたけど、何をやってもダメでした」

薄幸の美少女と言われたら、確かにイメージに合っている。

（同級生というよりも下級生、いや、小学生に見えるかも……それが病気の影響なのか？　でも、剃っているというくらいだから発毛はあるはずだしな……）

世里香が話を続けた。

「そんなときに、このスイミングクラブの大会で魚のように泳ぐ男の子を見たんです。すごく輝いていました」

「それで水泳を始めたの？」

「そうです。私は意外と単純なのですよ」

世里香はとても嬉しそうに微笑んだ。こんな美少女が同時期にクラブに所属していたら、悠貴は忘れるわけがないだろう。

（どうやら、僕が辞めたあとの話みたいだな）

少し残念な気持ちになった。

「その男子には会えたの？」

「うーん、会えたと言えば会えたと言えるのでしょうか？」

世里香は顎に指を当てて首を捻った。そして、再び悠貴の頬を両手で挟んだ。

「ユキちゃんのフォームはぜんぜんダメだから居残り特訓ですよ」

「えー、話がまったくわからない」

「いいんですよ。それで……」

3

そのあと、悠貴は世里香と居残り練習をすることになった。

咲月と琴子は先に帰宅した。

プール以外の照明が消された。見慣れたプールが見たこともない空間に変わった。

水の音が闇に溶け込んでいくようで、ちょっと怖いが、神秘的に感じられた。

世里香は本当に手取り足取り指導してくれた。

悠貴は鈍っていた勘を一気に取り戻したのを感じた。

「この調子だと、今週中には追い抜かれちゃいそうです」

世里香は少しも悔しがっていない様子で微笑んでいた。

「……」

悠貴は少し感動していた。

彼が知っている女子と言えば咲月だけだった。男勝りの性格で悠貴よりも男っぽい咲月は自分が勝つまで執念を燃やすような女だ。しかし、世里香は悠貴の成長を心から喜んでくれているようだった。

「こっちに来てください」

世里香が向こうで手を振っていたので、悠貴は初心者レーンに移動した。足が底に着く程度の深さしかなかった。

(早く帰らないといけないんだけど……なんだが楽しいし、もう少し泳いでいたい)

悠貴はドルフィンキックで底スレスレを泳いだ。両手をまっすぐに伸ばす、いわゆる潜水泳法だ。世里香の提案だった。ライトが等間隔で水面に反射しているのがゴーグル越しに見えた。

(禁止されているだけあって、やっぱり速いな……なんか昔よりも速く感じるぞ)

悠貴が生まれるずいぶん前にすでに禁止されていた泳法だが、禁止されているとやりたくなるのが子供の性《さが》だ。以前、悠貴も咲月と競ったことがある。

(でも、どうして、潜水泳法をやろうって言ってきたんだろう？　しかも……)

この遊びには新しいルールが設けられた。

そのルールとは、互いの股の間をくぐらねばならないというものだった。

(三つ目のライトを越えたから……そろそろだな)

上目で確認すると、世里香が潜っていた。しかも中腰になっている。通れる隙間が狭かった。

（いけるかな？　あの股間スレスレを……）

初めて見た女性器が頭にこびりついて離れない。悠貴は身体が床に擦れるほど沈んで、スピードを落とした。世里香の股のあいだを通り抜ける瞬間に見上げた。ゴーグルをつけていたので、クリアに見える。

世里香の股間を凝視した。

生地に縦の亀裂が走っていて、ふっくらと膨らんでいた。

（モリマンだ……水着越しでもなんてエロいんだ）

股間と鼻先の距離は十センチもなかった。

（少しくらい触れても不可抗力だよ……ね？）

悠貴が浮上しようと思った瞬間、突如、水流が乱れた。温泉が噴き出るように、彼女の股間を中心が波打ちはじめたのだ。

何事かと思ったが、あとの祭りだった。すぐに通り過ぎてしまった。

二十五メートルを無呼吸で泳ぎきったことになる。

「えーと、さっきのは？」

「今度は私ですね」

質問は無視された。

「う、うん」

悠貴は同じように股を開いて立った。世里香も同じように潜水泳法だった。しなやかな動きで悠貴の股を潜った。

「ぱはぁ！」

背後から水が飛び散る音がしたかと思うと。世里香がいきなり悠貴の背中に抱きついてきた。

そして胸を撫でられた。

「パッドの下に膨らみがありませんね？」

「どうして女子になりすましているんですか？」

「!?」

「え？　私は……」

「女の子っぽい声ですけど、これは何ですか？」

世里香は悠貴の股間を揉んできた。窮屈な水着の中で、浅ましい肉の砲台が頭をもたげはじめた。

「くぅ」

「おおかた咲月さんの差し金でしょうね」

悠貴はこっくり頷いた。

「だから……」

「許してほしいってことですか？」

さらに激しく頷いた。しかし、世里香はその身体のどこにそんな力があるのかと思うほど力強く肉棒を握っていた。

「許すかどうかは罰を受けてるときの態度次第です」

二人はプールサイドに上がって、水着を世里香が脱がしてきた。

濡れた水着とパッドがフロアに落ちた。悠貴は両手で股間を覆って頭を垂れた。

「手を後ろに回してください」

「……ちょっと、それは……」

「ご自分の立場を理解されてますか？」

「……」

悠貴は言われたとおりに手を後ろで組んだ。

肉槍が九十度以上の角度に聳え立ち、まるで世里香を狙うように亀頭をこくりと上下させた。

「ふーん、これが男の子の大事なものなんですね」

世里香は真剣な眼差しで悠貴の全身を舐め回すように見ている。

まずはパッドのあとのついた胸の周囲をなぞった。

「まるでブラジャーのあとみたいですね」

「……うぅ」

「マーキングしましたからね」

「マーキングって？」

「さっき、ユキちゃんの顔にオシッコしましたから」

「え？」

あの温泉のような水圧は彼女の放尿のせいだったのだ。

「あさっての土曜日、私に付き合ってくださいね」

咲月のようにしごいてくれたりするかと淡い期待を抱いたが、そこで終わりだった。世里香はそれだけ言うとさっさとその場を立ち去った。

悠貴は虚しく勃起したペニスをひくつかせるだけだった。

その夜、咲月から「一人で脱げたでしょ？」とメールがあったが返信できなかった。

4

金曜日の練習は通常どおりに行われた。

世里香は悠貴の正体のことは黙ってくれていた。悠貴も世里香にバレたことを咲月に報告していなかった。

世里香と視線が合うたびに意味深に微笑んでくるのが気になった。

(笑顔がなんか怖い……あれは可愛いだけの子じゃないぞ……)

世里香からあの晩のことをしっかり口止めされた。

また、もう一つ言われたことがあった。

(あんなことを言って……僕をいったいどうするつもりなんだろう?)

約束の土曜日になり、悠貴は原宿《はらじゅく》駅に降り立った。今まで縁のない街である。

奇抜な服装の人が多い中で、悠貴は制服姿だった。もちろん女子用である。

改札前で世里香を待っている間、行き交《か》う人たちが悠貴に視線を投げかけた。中には声をかけてくる者もいた。カメラを持った男が写真を撮らせてほしい言ってきたり、カットモデルになってくれとスカウトしてきたり……。

（なんでみんな馴れなれしいの？）

悠貴は居心地が悪かった。

（世里香はこんな派手な街に僕を呼びつけて、いったい何をするつもりなんだ？）

すると、どこからか世里香が現れて、悠貴の顔を覗き込んでいた。

世里香も制服姿だった。ワンピース型のセーラー服で、見るからにお嬢様学校の制服といった感じだった。今日はふわふわの髪をツインテールにして、大きいリボンで結わえている。まるでお人形さんだ。

「化粧していますね？　咲月さんにやってもらったの？」

「いや、ひとりで」

「自分でしたんですか……すごいです……さぁ、行きましょうか」

よりによってにぎやかな竹下《たけした》通りに入っていった。

「どこに行くの？」

「ついてくればわかりますよ」

どこの店もカラフルで、行き交う人たちのファッションもカオスだった。最近では、珍しくない派手なカラーの髪の色も多かった。極彩色が至るところにあって眩しいくらいだった。

そして二人とも声をかけられた。

（この街……距離感がおかしいよ）

世里香はそういうことに慣れているようで、まったく無視していた。

だが少しずつ悠貴は興味本位で周りを見渡す余裕が出てきた。食べ物もカラフルだが、美味しそうだった。ところが、ある商品を陳列している店を見た瞬間、視線をそらしてしまった。それはデパートなどでも、不意に現れては男子の目のやり場に困るショップだった。

つまり女性用下着専門店である。おそらく中高生をターゲットにしているのだろう。色とりどりの商品が並び、同年代の少女たちで混雑していた。

なぜか、世里香はその店に入っていこうとする。

「ちょ、ちょっと……」

悠貴は慌てて世里香の肩に手をかけた。

「ここに入りますよ？」

「ダメだよ。入れないよ」

「なに言っているんですか、平然と女子更衣室で着替えている人が……呆れちゃいますよ」

そう指摘されては何も言い返せなかった。仕方なく小柄な世里香に続いてランジェリーショップに足を踏み入れた。

店内の通路は狭く、すぐに少女たちのボディに触れてしまった。

(相手は気にしていないけど……バレたら大騒ぎになる)

これでも悠貴は思春期まっただ中の男子だ。刺激が強すぎた。

「ちょっとこれ可愛くない？」

一人の女の子が上下セットを友だちに見せていた。女子高生くらいだろうか。身体の発育具合がよく、ミニスカートからむっちりした太腿が見えている。彼女が手にしているのは、黒いビキニショーツだ。スカートのプリーツを持ち上げている大きい双臀を包むには、小さすぎるような気がする。

(やめろ……想像しちゃダメだ……勃《た》って……くる)

悠貴はへっぴり腰になった。

「そんなんじゃよけいに目立ちますよ」

「う……どうしてこんなところに？」

「もちろん、下着を買うためですよ」

呆れた表情をされた。

「もう帰ろうよ」

「ダメです。そんな中途半端でいいんですか？」

「……ちゅ、中途半端？」

「そうです。やるなら、ちゃんとやるべきです。中途半端は私がいちばん嫌いなものなんです」

世里香は腕組みをして言いきった。

「私が完璧にプロデュースするのでご安心を」

彼女はてきぱきと下着を数点選んだ。そして、悠貴の背中を押して店の奥へと進んだ。


試着室があった。真ん中は試着室は空室だった。どの試着室も複数人で使っているようだ。入り口に靴が散らばっていて、キャッキャと楽しげな声が聞こえてカーテンが揺れていた。ときおり、カーテンの隙間から白い脚が見えた。

「試着します」

世里香が店員に言うと、若い店員が笑顔で近寄ってきた。

「はい、どうぞー」

「ちょ、ちょっと……」

悠貴は試着室に無理やり押し込まれた。世里香は靴を綺麗に並べるのを忘れなかった。

（本当にお嬢様なんだな……だが、今はそんなことに感心している場合じゃないぞ！）

壁は薄く、少女たちの会話が筒抜けだった。

「ちょーアガるじゃん。この下着で彼氏も悩殺だね」

今度は別の部屋から聞こえてきた。

「これどうかな？　清楚な感じじゃなくね？」

「白なんて小学生くらいしか穿かないけど、男は白が好きなんだよ。鉄板だよ」

「処女に思わせておいたほうがいいよ」

生々しい会話を聞いた悠貴は興奮するどころか、恐怖すら感じていた。

「はい。では、これをつけてみてください」

世里香は黒のブラとショーツを差し出した。シンプルだが精巧な刺繍《ししゅう》が施されていた。

「……」

無理やり手渡されたものはとても気持ちのいい手触りだった。大雑把な男物とはまるで違っていた。

（こんなに違うのか……）

初めて女装したときと同じ目眩《めまい》がした。

「さぁ、穿いてみてください」

世里香は悠貴のスカートに手を突っ込み、ボクサーパンツを下ろした。

「ひゃあん」

悠貴はまるで女の子のように恥じらった。ノーパンの頼りなさにスカートをつい押さえてしまう。その仕草を意識すると情けなくて泣きたくなる。

（自信満々にパンティを穿いて見せたほうが、彼女も動揺するに決まっている。堂々とやるんだ……やるんだよ！）

頭ではわかっていても、パンティは手のひらほどのサイズしかなくいかにも頼りなかった。

「こんな小さいのは無理じゃないかな」

「伸びるから大丈夫。ほら、穿いてみてください」

悠貴の手から世里香がパンティを取り上げると、膝をついてパンティを広げた。どうやら、足を通せということらしい。

「……」

悠貴は操り人形のようにその頼りない布に両足を通した。

世里香がパンティを引き上げはじめた。パンティが脚をなぞるたびにくすぐったくなる。途中で世里香が手を離した。あとは自分でやれということらしい。呆けていた悠貴は慌ててパンティを摑んだ。太腿の皮膚はさらに敏感で、パンティの心地よさにゾクゾクした。

（うぉ、なんだこれは……）

背徳的な感覚だった。なにか変身するような気分だ。悠貴は一気にパンティを穿いた。

「んん」

思わず鼻から吐息が洩れた。

小さすぎて無理だと思ったパンティが悠貴のお尻と股間を軽やかに保護している。

（なんだ、これは……僕が今まで穿いていたものはなんてゴミだったのか……）

感動のあまり内股になってしまった。

「お気に召したようで、よかったですわ」

そう言うと世里香は悠貴のブラウスのボタンを外しだした。

「あ、ちょっと……」

瞬《また》く間にブラウスを肩から下ろされ、上半身が露になった。華奢な身体はコンプレックスだった。つい胸を覆い隠してしまう。

（さっきから女っぽい仕草ばかりしている気がする……）

ブラジャーまでつけてしまったら、自分の中で目覚めてはいけない何かが目を覚ましてしまうのではないかと怖くなってくる。

「ブラは嫌ですか？」

「う、うん」

悠貴は訴えかけるような目で懸命に頷いた。

「もう中二なんだから、初ブラとかで恥ずかしがったらダメですよ」

世里香は周りに聞こえるように言った。彼女たちの会話がぴたりと止まり、クスッと笑い声が聞こえてきた。

「黒いほうがブラが透けにくいんです」

「……」

「つけてあげるので、背中を向けてください」

悠貴は懸命に拒否したが、世里香が試着室のカーテンを少しだけ開けた。複数の足が見えた。試着室が空くのを、他のグループが待っているようだった。上半身裸の男子を目にしたら、店内はどんなにパニックになるだろうか。

「はいはい。早くしましょうね」

悠貴は諦めて背中を向けた。

（……姿見か……あ、これが……僕？）

パンティとお揃いの黒色のブラジャーが胸に押し当てられた。

さらに世里香はスカートのポケットからパッドを取り出し、左右に三つずつ入れた。水着を着るときは一枚しかいれなかったので膨らみは小さかった。しかし、三倍の厚みになるとかなり膨らみが目立ってしまう。

「乳房はこうやって寄せてあげるんですよ」

世里香は悠貴のブラジャーを揉んだ。

（くぅ……乳首が擦れる……でも、柔らかい）

パッドの柔らかいクッションが乳首に押しつけられ、甘い刺激を受けると、たちまち肉棒が膨らみはじめた。しかも、伸縮性のあるパンティに包まれているから、さらに昂ってしまう。

（もっと……胸に触れて……パンティにも……）

だが、その瞬間、世里香は手を引いた。

「さぁ、他の人が待ってますから、早く出ましょう」

「……」

（また寸止めだ！）

鏡には恨めしそうな顔をした自分が映っていた。そして、世里香はそんな悠貴を見ている。

（僕はなんて顔をしてんだ！）

慌ててブラウスのボタンを直した。

改めて鏡を見ると、胸がしっかりと膨らんだ自分がいた。どこからどう見ても女子だった。

悠貴は逃げるようにそこから出た。

「……」

試着室から出た瞬間、少女たちの視線が悠貴に集まった。

きっと彼女たちは、どんなダサい女子がブラジャーデビューしたのかと、意地悪な期待をしていたのだろう。しかし、悠貴を見て彼女たちはみんな目を見開いて、下唇を噛みしめた。

（……もしかして僕に嫉妬している？）

　思い上がりではないみたいだ。

「ユキちゃんが可愛くて予想外だったんでしょうね」

　そのとき女子としての優越感を初めて感じた。パンティの中でまたもペニスが熱くなった。

　そんな変化に気づいているのかいないのか、世里香はさっさと会計して店から出ていった。

5

　その後、連れていかれたのは、世里香が通うお嬢様学校だった。

「どうするつもり？」

「女子として通用するかどうかテストですよ」

　校門には守衛もいて、悠貴は中に入るのを止められた。とっさに世里香が嘘をついた。

「この子はうちの学校に転校を考えていて、今日は見学に来たんです。身元は私が保証するので大丈夫です」

守衛はしぶしぶ通してくれたが、学校と氏名を書かなければならなかった。

「どうしよう……学校に連絡されたら」

「念のため尋ねられただけなので大丈夫ですよ」

「本当かな……」

「けっこう小心者なんですね……せっかくの女子校なんですから満喫してください
よ」

世里香は楽しそうに校舎を案内しはじめた。

公立中学とは違い、世里香の学校は趣《おもむき》のある洋風建築で窓から射《さ》し込む光まで完璧に計算されているかのような設計だった。

(土曜日でもクラブ活動があるんだな……意外と生徒が多い……それなのにうちの中学と違って静かだ……それに、なんだかいい匂いがするぞ)

数人の女子が前から歩いてきた。

世里香と同じくワンピース型の制服に腰をベルトで締めている。当然のことながら、部外者の悠貴に視線が集まった。

「ごきげんよう」

「……あ、あ……あ」

悠貴が反応できないでいると、世里香が彼女たちに会釈した。

「挨拶は基本ですよ」

背中を軽く叩かれた。

胸を盛り上げるパッドやブラジャーの違和感もあって背筋がぴんと伸びた。

（女子はこんな拘束具みたいなのをつけて一日中すごすのか……男子はなんてお気楽なんだ）

乳房の重みと膨らみを意識すると、同時に下半身も膨らみだし、悠貴はそれにも悩まされた。

（僕は今女の子に見えるかな？……）

また前から女子のグループが歩いてきた。

今度の子たちは体操服を着ていた。上着の裾を真面目にブルマにしまっているので、乳房の膨らみが顕著になっていた。

「ごきげんよう」

悠貴は背筋を伸ばして返事をした。

「……ごきげん……よう」

同じように挨拶を返した。かなりぎこちなかったが、通り過ぎた女子たちはキャッキャと喜んでいた。どうやら、他校の生徒が同じ挨拶をしてくれたことが嬉しかったようだ。

たったそれだけのことだったが、悠貴は他人に受け入れられた気がした。

「ここです」

「ん？」

「私の教室です」

二年松組――それが世里香の教室だという。

（うわぁ、さすが私立だ。エアコン完備か。でも、教室自体はそんなに変わらないんだな）

教卓の真ん前の席が世里香の席らしく、その椅子になぜか座らされた。

（黒板がよく見えるけど、ハズレ席だよな……でも、世里香たちは真面目に授業を受けているんだろうな。僕もこの女子校だったら真面目に授業を受けられるかも……って何を考えているんだ！）

悠貴はだんだん女子であることを受け入れつつあることに気づいて狼狽した。

しかし、そんな悠貴の上品な妄想を世里香がぶち壊した。机に腰掛けたのだ。

「机に座るなんて先生に叱られますよね？」

「……そうだよ！」

「でも、先生はこういうのは想定していないと思うんですよね」

世里香はそう言って意味深な笑顔でお尻を半回転させた。片脚が悠貴の前を通過した。

悠貴は彼女と向かい合うかっこうになった。小柄な世里香が悠貴を見下ろしてくる。

（何をするつもりなんだ？）

すると世里香が大胆にスカートをたくし上げはじめた。

「な……な、な、何？」

不意打ちの行動に唖然とした。

世里香はスカートを完全に捲り上げ、白い太腿の付け根まで丸見えにした。いや、下腹部も露になっている。

「え？」

悠貴はバカみたいに口を開けたままポカンとしていた。

（パンティ……穿いてない？　ノーパン？　まさか。いつのまに脱いだの？）

だが、確かに無毛の恥丘が丸見えになっている。

太腿同士を合わせているから、割れ目までは見えなかった。思わず食い入るように覗いてしまった。さすがに世里香の視線に気づいた。

「ご、ご、ごめん」

「どうして謝るんですか？」

「……だって」

「私が見せようと思って、見せているんですよ」

彼女は満面の笑みを浮かべていた。甘いロリ顔美少女に微笑まれたら、男なら誰でも勘違いするだろう。

（でも、この状況……意味がわからないよ。でも……もっとあそこが見たい）

もしかしたら、悪魔というものが存在するなら、まったく悪意のない美しい姿をしているのかもしれない。

そして、悪魔は相手が何を望んでいるのかを熟知しているのだろう。

ゆっくりと世里香は脚を開き、机の上に足を載せた。

「……」

悠貴は世里香の股間から目が離せなかった。

無毛の女性器は周りの美肌と同じ色をしていた。色素沈着がまったくなく、大理石のように美しい乳白色をしていた。そこに淡い薄桃色の縦筋が刻まれていた。小陰唇は未発達のようで、大陰唇からはみ出しておらず、初々しい佇《たたず》まいだった。

世里香が動くたびに、その花唇がわずかに揺れた。

「……どうして？」

悠貴の喉の奥が乾いていた。

「どうしてと言われますと……どうしてなんでしょうね？」

「……」

世里香は小首を傾《かし》げて、答えを探しているようだった。

「強《し》いて言いますと……神聖な教室で淫らなことをすると興奮するということでしょうか？」

「……」

「理解していただけませんか？」

悠貴は素直に頷いた。

その反応を見て世里香は怪訝《けげん》そうな顔をして腕組みをした。

「女装して勃起してましたよね？」

「し、してないよ！」

もちろん嘘だ。

人は真実を指摘されると、やっきになって否定してしまう。

しかし、彼女は水着ごしに勃起ペニスを握っているので、悠貴の否定は最初から無視していた。

「ここ……舐めたくないですか？」

「……」

一瞬、言葉を失った。

（え？　な・め・て・もいいんですか？）

運動場から部活のかけ声が聞こえてきた。廊下を歩く足音もやけに大きく聞こえた。

（……見つかったら、さすがにヤバいだろ）

理性はやめろと言っているのに、目の前の割れ目は魅力的すぎた。距離が近づくにつれ、花のような爽やかな香りが濃くなり、なんだか頭がクラクラしてきた。

悠貴はゆっくり顔を近づけて、唇を花唇に押しつけていった。

「んんん」

世里香はとたんに甘い声で喘いだ。

理性が一瞬にして吹き飛んだ。

悠貴は舌を伸ばし、割れ目を隅々まで舐め回した。場所ごとで味が変化する気がした。特に花唇の中心部は味が濃くなった。膣口からトロリと垂れた愛液を一滴残らず舐め尽くそうとしていた。

(あとからあとから出てくる……うぉお、すごい。ああ、チ×ポが痛いくらい勃起している!)

そして、淫核をぺろりと舐め上げた。

「ううーーん」

世里香は天井を見上げ、可愛らしい声で喘いだ。それを見た悠貴は重点攻撃を開始した。舌で包皮を捲り上げ、小さい肉芽を唇で挟んで甘嚙みをした。

「あ、ああ、いい!」

世里香は悠貴の頭を摑んで秘部に押しつけた。

密着することで世里香の匂いが強くなった。

(かすかにチーズの匂いがする。でも、嫌な匂いじゃないぞ)

悠貴の下半身は完全に勃起していたが、パンティに締めつけられているせいでかなり窮屈だった。それがもどかしくもあり、心地よくもあったのだが。

悠貴は舌先を尖らせて、泉の源《みなもと》を探った。

「あっ」

世里香の身体が少し強張《こわば》るのを感じた。

（まさかの処女!?）

悠貴は悟ってしまい、慌てて膣から舌を引き抜こうとした。

「いいのよ」

「え？」

「最後までしていいの。だから、もっと舐めて……」

悠貴の動きが止まった。

（最後までってどういうこと？　もしかして、セックス？　いやいや、それはさすがにないだろう？　もう少し舐めろってことだよ。うん、そうに違いない）

それならば彼女の願いを叶えるのは本望だ。

狭い穴に舌を潜り込ませた。舌に痺れるような感覚が走った。なぜなら、そこはさらに濃厚な味が拡がっていたからだ。フルーティな味と酸味がブレンドされた未知の味覚だった。なぜか興奮してくるのだ。

悠貴は舌の根元が痙攣するのもかまわず、すばやく前後に動かした。

「あぁ、私の中入ってきます……んあぁ」

「穴がキュッ、キュッと搾ってくる」

悠貴は舌がペニスになったような感覚があった。

（ここは学校だよな？　背徳的すぎる！　世里香お嬢様ののオマ×コが大洪水だ！）

悠貴のパンティの中でもペニスがいきり立って悶ていた。

そこにも刺激が欲しいと思った瞬間、世里香の足が伸びた。

「んんん」

悠貴は思わず呻いた。

世里香が足先を器用に動かし、悠貴のスカートの奥のパンティを踏みつけてきた。

「すごく熱くなっていますね」

「んん、んあぁ……やめて」

「ちゃんと舐めてください」

世里香の命令で悠貴は秘部への愛撫を続けた。

ご褒美と言わんばかりに、柔らかい足裏でしごかれた。

（足コキが気持ちよすぎる！　もう爆発してしまいそうだ！）

しかし、世里香の次の言葉を聞いた瞬間、全身が緊張で硬直した。

「これを私のオマ×コに入れてくれますか？」

少女の口から卑猥な四文字を聞くだけで、頭の血管が切れてしまいそうだ。

「わかったよ」

悠貴は勢いよく立ち上がると、もどかしげにパンティを脱ぎ捨て、そそり勃った男根を露出させた。

「ぜんぜん女の子っぽくないですよ」

世里香が苦笑したので、悠貴もつられて笑った。

「僕は女の子じゃないから」

「私は女の子同士もアリでしたのに」

「男はダメ？」

「……うーん、妥協しましょう」

世里香がまた微笑んだ。

（ずいぶん余裕があるな……処女じゃないのかな？）

それを確認するかのように、亀頭の先端を割れ目に押し当てた。それだけで童貞の亀頭は歓喜に震えた。

舌でさえ狭く感じた膣穴にペニスが入るかどうか不安になった。しかし、牡の本能のせいで腰が勝手に前に繰り出される。

「……ン」

世里香も覚悟を決めたのか、目を閉じて上半身を反らしている。

(こうなったらやるしかない！)

悠貴はぐっと腰に力を入れた。しかし、亀頭が膣穴に弾き返されてしまった。どうやら、緊張で括約筋が硬直しているようだ。悠貴は世里香のブラウスのボタンを外し、ブラジャーを持ち上げた。控え目な乳房にはロリータの魅力が詰まっていた。

そっと手を添えて乳房を揉んだ。緊張が少し和らいだようだ。

世里香の肉感的な唇が濡れていた。

「……んん」

「んぁ」

それに引き寄せられるようにキスをした。

そして口の中に舌を差し入れた。縮こまっている舌をなぞり、リズミカルに小突いた。すると、いつの間にか舌が絡み合っていく。

気づけば、亀頭が膣に埋没しはじめていた。

「……入ってるみたい」

「んぐぅ」

膣内は口の中よりもさらに熱く、狭く、そして柔らかかった。それでいて亀頭がきつく締めつけられる。

（痛いのに気持ちいい。まだ亀頭しか入ってないのに……気を抜くとイッてしまうぞ！）

緊張と興奮に包まれながら、悠貴はさらに腰を押し込んだ。するとすぐに抵抗感があった。

「んんんん！」

世里香が仰け反った。

（これが処女膜!?）

もちろん見たことも触れたこともないが、亀頭の先にある感触がそれなのだろう。

少し力を入れただけで、痛みのせいか世里香が身を捩った。

そのたびにペニスが激しく圧迫されて、それが痛痒くてたまらない快感となって襲ってくる。

「……大丈夫？」

「またキスして」

「うん」

唇を吸って、レロレロと舌を絡めた。

（……女の子の舌は小さいし、温かいんだな）

悠貴は世里香の女の子らしい部分を意識すればするほど、自分が牡であることを実感した。

下半身がまるで別の意思を持っているかのように前に進もうとする。

「もう我慢できない……行くよ」

「……来て」

世里香は悠貴の身体にしがみついた。

薄い膜の抵抗があったが、プチッという弾けるような感触があったかと思うと、膣口から血が流れ出てきた。

（チ×ポが奥に引きずり込まれそうだ！）

肉槍を膣の奥へと押し込むが、無理やり狭隘《きょうあい》な道を拡げるような動きになる。

「んんん！」

世里香は悠貴の肩に顔を押しつけ、悲鳴を嚙み殺した。

保護欲を擽《くすぐ》られながらも、それと同時に征服感にも満たされた。

熱い膣の膣襞はきつく締めつけてきて、痺れるような痛みが走った。しかし、ピストン運動をしたい欲望を抑えられなかった。

「ごめん。動くね！」

世里香の折れそうなほど細い腰を摑んで、ゆっくりと肉槍を出し入れしはじめた。

裏筋で膣襞を摩擦するたびに、快感の波が全身に広がっていく。

「世里香ちゃんのオマ×コ……すごい……チ×ポが蕩けてしまいそうだ」

「くぅ……あぁ、お腹の中で動いている」

世里香は落ち着いてきたのか自分の股間を見ている。つられて悠貴も結合部に視線を移した。肉棒の根元まで世里香の膣内にすっかり埋没していた。

ゆっくり引き抜くと、静脈が這う肉棒が姿を現した。それは蜜汁でコーティングされ、少し赤くもなっていた。

思いがけない成り行きで初体験をした悠貴は多幸感に包まれていた。

(彼女の奇行は僕の気を惹くためだったんだ……うん、きっとそうに違いない。そう考えると、可愛いらしいじゃないか)

プールの中での放尿などを思い出した悠貴はペニスがさらに充血するのを感じた。

「……今度はさっきより激しく動くよ」

「うん」

悠貴はいったん腰を引いて、ちょうど雁首が膣の入り口をなぞると、一気に膣奥へと挿入した。

あまりの快感に膝が震えた。

「あぁ……お腹の中でオチ×チンが動いてるぅ」

世里香は机から飛び降り、悠貴に抱きついてきた。

悠貴も自然と彼女を抱き上げてしまった。

(思いのほか軽いんだ！)

世里香の幼い身体を肉棒が串刺しにしている。

(……もしかして、駅弁ファックってやつ？)

まさかこんな体位でセックスできるなどとは夢にも思っていなかった。いや、そもそも女子校で童貞を卒業することになるとは考えもしなかった。

「そのまま……窓際に連れていって」

「う、うん」

悠貴は歩く振動だけで射精しそうになった。

窓際に近づけば近づくほど、グラウンドが見えてくる。自分が見えると言うことは、相手からも見えているということだ。悠貴が立ち止まると、世里香の腰が海老反りになって、長い髪が揺らめいた。

「危ないよ」

「あぁ……みんなが見ている中で私は女になったの」

感極まったように甘い声をあげた。

スリルを楽しんでいるようだった。

「くぅ……」

悠貴は世里香を支えるだけで精一杯だった。

しかも、世里香が動くたびにペニスの角度が変わり、受ける快楽の波長も変化していくのだ。

すべてが初めての経験だから、強烈な快楽に慣れる間もなく、官能の渦《うず》に呑み込まれてしまった。

「ああ、もうダメだ……出ちゃう」

「あぁぁ、出して、出して」

世里香はぎゅっとしがみついてきた。

「うぉ、イクぞ！」

疲労困憊《こんぱい》のはずなのに、悠貴は彼女を上下に弾ませた。

外からは彼女のお尻が見えているかもしれない。しかし、その禁忌感も二人の快楽を盛り上げた。

会陰の奥で快楽のマグマがグツグツと煮えたぎっている。

（もう我慢できない！）

尿道に力を込めて射精を一秒でも長く引き延ばそうとした。それほどまでに堪能したかった。だが、もう長くは保《も》たないだろう。

「出るぞ。出るッ！」

悠貴は吠えた。

肉槍がぶわっと膨らんだ。ワンテンポ遅れて大量の白濁液が尿道を駆け抜けていく。

（うおお、すごい勢いだ。世里香がいなかったらザーメンが天井まで届きそうな勢いだ！）

それほど激しい射精だった。

一発ごとに悠貴の気力が根こそぎ奪われるような未知の快楽だった。

「お腹の中に熱いのがくるぅ！」

彼女が再び上半身を反らした。乳房が天井を向いて揺れている。

膣内が収縮を開始した。まるで肉棒からさらに精液を搾り取ろうとするかのようだ。

「あぁぁぁあ」

天井知らずの射精快楽に翻弄された。

悠貴は動物のように腰を突き上げた。

ドクドクと快楽のマグマが噴出しつづけ、世里香の膣奥へと吐き出していく。

「んん、イクゥ！」

世里香も甲高い声で呻きながら、腰を左右に振り乱した。

悠貴は立っているのが不思議なほどの浮遊感を覚え、精液が空《から》になるまで打ち込んだ。いや、空打ちもしていただろう。

「最高だ。あぁ、最高だぁ！」

第四章　美少女としての覚醒

1

男としてひと皮剝けた悠貴は、自信に満ち溢れていた。

同級生が急に幼く見えるようになった。

（僕が一番早く童貞を卒業できたんじゃないか？）

思春期の男子が陥りやすい万能感に包まれていた。しかし、それも長くは続かなかった。なぜなら、咲月がまた勝手なことを言いだしたからだ。

「今週の土日に強化合宿することになったから」

咲月は部屋に押しかけてきて、そう宣言した。

「え？」

「イエスか、ハイで答えなさい」

「どっちもいっしょだよ！」

「これ、必要になると思うから用意しておいてあげたわ」

渡された紙袋の中には、ビキニタイプの水着が入っていた。

そして、土曜日の朝、悠貴はいつものようにユキに変身して出発したのだった。

合宿場所は名高い観光地で、世里香の祖父が所有するという別荘だった。

海沿いの小高い山の上に建つ白亜の洋館の庭にはプールもあった。管理人がわざわざプールに水を張ってくれていたようだ。

参加者はいつものメンバーだった。

「いい場所でしょ？」

まるで自分の所有物であるかのように満足げに窓から海を見下ろす咲月。わざわざ自分の枕を持参してきた琴子。あの出来事以来、輝いて見える世里香。そして、ワンピースに麦わら帽という絵に描いた清楚な少女のようなファッションの悠貴。

（こんな清楚な服を咲月は持っていたとは!?）

ひょっとしたら咲月は自分で着たかったんじゃないだろうか。しかし、悠貴は別のことで頭がいっぱいだった。

（合宿中に世里香とまたいい想いができるかも！）

全員に個室が用意されていた。

「観光に来たんじゃないのよ？　すぐに練習！　練習！」

咲月は意外と真剣だったようだ。大会を二週間後に控え、いきなり二時間の猛練習を行なった。

もちろん、みんな競泳水着を着用している。

（ビキニはいったいなんだったんだ？）

悠貴は肩すかしを食らった気分だった。確かに咲月が用意してくれたビキニは可愛らしかったし、自分にも似合うだろう。そう思ったところでゾッとした。

（なにガッカリしてんだ！）

女子の恰好《かっこう》をすることに躊躇がなくなっていた。いや、それどころか、女子として自分が見られることを心待ちにしている気がする。

（僕は童貞を卒業して、一人前の男になったんだぞ！　それなのにどうしてビキニなんかを気にしてる？）

性の葛藤《かっとう》に悠貴は動揺していた。

（このまま女の子の恰好をしていたらいけない……）

持ってきた鞄の中を漁《あさ》った。

（どうして男物の下着を持ってこなかったんだろ）

そのとき、扉が開いた。

「遊びに行くわよ！」

咲月だった。水色のビキニを着ていて、白い肌を露出させていた。乳房の谷間もくっきり見えている。水泳で鍛えたヒップにはビキニが食い込んでいた。

浮き輪にビーチボール、シュノーケルまで抱えている。

「……」

「何よ、着替えてないの？」

「練習で疲れたから……部屋で休んでおくよ」

「はぁ？　年寄り臭いこと言わないでよ。何のためにここまで合宿にきたのよ」

「練習のためだろう？」

「違うわよ。チームの結束を高めるためよ」

本当は遊ぶためだろうと言いたかった。だが、鉄拳制裁を食らうのが怖くて何も言えなくなった。

「あんたにはまだ壁があるのよ……仲間との壁。特に琴子ちゃんとね」

確かに琴子とは距離感が掴めずにいた。

どうも彼女は心を許した人以外には冷淡のようで、悠貴に話しかけてくることはほとんどなかった。

咲月の言うことにも一理ある。乗りかかった船なのだから、チームに貢献したいという気持ちは確かにあった。

「まだ乾いてないだろうけど、水着を取ってくるよ」

「なに言ってんの？　ビキニを渡したでしょ」

悠貴は抵抗するまもなくビキニを着せられた。

咲月と色違いのピンク色で、白い水玉模様のビキニだった。スカートをつければ股間の膨らみが隠すことができた。胸はワイヤーとパッドが入っていて、きれいに膨らんで見えた。胸も恥ずかしかったが、無防備なお腹が気になって落ち着かなかった。

（男のときは、海パン一枚なのに……生地が多いほうが恥ずかしく感じるなんて……どうしてだ？）

きちんとメイクと日焼け止めをして海辺に連行された。

「機会を作るから、琴子ちゃんともっと仲よくしなさいよ」

咲月に命じられた。

ビーチバレーでは、白々しいほど意図的に琴子と組まされた。

琴子は水泳以外の競技はからっきしダメなようで、恵まれた長身をまるで活かせてなかった。

ただ、サイドテールに髪を結わえ、乳房を大きく揺らすさまは、とても中学生には見えない。

「……ご、ごめんなさい」

琴子は消え入りそうな声で謝っている。

悠貴は彼女がミスするたびにドンマイと励ましたが、みるみる気落ちしていく琴子を前にすると、どう言葉をかけていいかわからなくなってきた。咲月が目配せをしてくるので、悠貴も懸命に声をかけるが、琴子が項垂《うなだ》れたままではどうしようもなかった。

「ちょっとジュース買ってくるわ。二人は荷物見てて」

そう言って咲月は世里香といっしょに出かけてしまった。

悠貴たちは荷物番をすることになる。

(会話が……ない。どうしたらいいんだ……何でこんなに萎縮してしまうんだろう)

あたりを見渡すと、男たちが自分たちをちらちら見ていることに気づいた。

「う、うぅ……」

隣にいる琴子は体育座りで猫背になっている。

彼女もまたビキニ姿だった。ただ、アダルトな雰囲気の黒の水着がよけいに大人っぽく見せていた。雑誌から抜け出したモデルのように美しかった。男の視線を集めるのも当然である。

「大丈夫？」

「……男の人……苦手です」

ドキッとした。

（まさか正体がばれている？）

しかし、悠貴の心配は杞憂に終わった。

「わたし……本当は……いつもの水着とかスクール水着がよかったのに」

やはり最初は競泳用水着かスクール水着の予定だったのだ。すぐに悠貴は気づいた。

「咲月ちゃんに強引に？」

「う、ううん……咲月さんは、わたしのために……わたし……大会になると……観客の人に見られていると思うだけで緊張しちゃって……」

途切れとぎれの言葉を悠貴は頷きながら聞いていた。

「ビキニを着て……男の人の視線に慣れる……練習だって……」

咲月の計画を聞いて悠貴は頭を痛めた。

（……ほんとロクなことをしないんだから……）

最後の大会で結果が欲しいのはわかるが、みんなの気持ちを軽視しすぎているのではないか。

同病相憐れむではないが、悠貴は琴子にシンパシーを感じはじめた。

悠貴は咲月からこれまでに受けたひどい仕打ちを披露しようと思った。誰か一人を悪者にするとグループが結束すると聞いたことがある。

（鉄板ネタといえば……あれだな）

悠貴が話しだそうとしたとき、二人に影が忍び寄った。

「ねぇねぇ、お姉さん。一人？」

悠貴が顔を上げると、日焼けした肌に金髪の男がいた。その男の視線は、琴子にのみ向けられていた。

手慣れた仕草で琴子の手を掴み、無理やり立ち上がらせた。

背の高い琴子よりも頭一つ分ほど背が高く、大学生だろうか。もちろん、突然のことに琴子は動揺して震えている。

「君はどこの大学？　あ、当てようか？」

「……やめ……」

「うーん、○○女子大のミスキャンでしょ？　見たことあるしぃ」

琴子は助けを求めるように悠貴のほうを見た。

悠貴は身体が勝手に動いて、気づくと二人の間に入っていた。

「放してください」

「あ？　お嬢ちゃんは妹さん？　俺、ロリコンじゃないから用はないよ」

「ユキさん、助けて」

去年までランドセルを背負っていた少女をナンパしている男の胸を押した。

「放せ！」

しかし、男はビクともしなかった。

「俺らは大人の遊びをするから、子どもは邪魔するな」

肩を押された。悠貴はよろめいて尻餅をついてしまった。圧倒的に力の差を感じた。

女子はいつもこんな怖い目にあっているのかと思うと恐ろしくなった。

「嫌がっているじゃないか！」

悠貴は砂を摑むと、男の顔に向けて投げつけた。

「うあ！」

すかさず悠貴は全体重をかけて男にタックルした。

数歩あとじさったが、男は琴子を離さなかった。むしろ、どさくさに紛れて琴子を自分のほうに抱き寄せようとした。悠貴は二人の間に身体を潜り込ませ、男を押しつづけた。

しかし、あっさりと引き離され、砂浜に投げ出されてしまった。それでも、愚直に何度も挑んだ。

「しつけーなぁ！」

男は荒々しくなっていった。

男が我慢できなくなったように手を振り上げた。

悠貴は殴られるのを覚悟した。

「あんた、何してんの？」

男の背後から冷たい声が聞こえきた。咲月だった。

彼女は躊躇することなく、ダッシュしてジャンプすると男の腹に膝蹴りを入れた。

男が琴子を放し、身体を曲げてその場に崩れ落ちた。そのまま男の腕を極めた。驚くほどの早業だった。

異変に気づいた大人たちが駆けつけ、その男を取り押さえた。

「……はぁ、よかった」

気が抜けた悠貴は砂浜に尻餅をついた。

琴子が駆け寄ってくるのが見えた。

2

その一件で悠貴のバカンスは中止になった。

警察沙汰になったが、周囲の証言から咲月の過剰防衛には至らなかったようだ。あとで聞いた話だが、琴子が中学一年生だと知った男は騒いだらしい。

「中一なんて嘘だ！　俺はロリコンじゃない！」

悠貴は知恵熱なのか日射病なのか、別荘の自室で横になっていた。その間、琴子が看病してくれた。気がつくと、彼女は額に当てたタオルを何度も交換してくれた。

「……ありがとう」

「こちらこそ……です」

悠貴は重い瞼を開き、琴子に感謝した。

ずっと視線を合わせてくれなかった琴子が、今は心配そうに自分の顔を覗き込んでいた。その表情は慈愛に満ちていて、とても年下とは思えないものだった。

実際、彼女の顔はあどけなさがあるものの、大人びて見える。そのうちクールビューティになるんじゃないだろうか。

瞼を閉じると、悠貴はあっと言う間に眠りについた。疲れていたのだろう。

寝苦しくなって布団をはねのけた。いつのまにか琴子の姿はなかった。

水着の上に咲月に借りたパーカーをもどかしげに脱いだ。そのとき、胸を締めつけるパッドも外れた。

そして自分でも驚くことに勃起してしまった。

ビキニの裾からはみ出して、天に向かって聳えている。

冷たい空気が熱くなったロケットを冷やしてくれた。

(なんて気持ちいいんだ)

夢の中に裸の女性が出てきた。女子大生くらいだろうか。巨乳の持ち主で、どことなく琴子に似ていた。

未来の琴子が微笑みながら、勃起した肉槍をしごいてくれた。

テクニックがあるわけではないが、触られるだけで気持ちよかった。彼女の指は長く、少し冷たくてとても心地よかった。

腹に力をこめると、彼女の指から肉槍が飛び出した。

「きゃ」

悲鳴に聞こえた気がしたが、悠貴は腰を突き出して口走っていた。

「もっと、もっと……」

にこやかに琴子が微笑むと、再びしごきだした。

悠貴は瞬く間に、快楽の渦に呑み込まれ、激しく射精してしまった。

夢精は小学六年生のときに経験したことがあったが、あのときに勝るとも劣らない快感だった。全身の細胞が一気に目覚めるような感覚。ふだんの射精とは別次元のオーガズムだといえるだろう。

(最高だった！)

射精が終わると、夢から目覚めた。

(もう少し寝よう)

寝返りを打つと、太腿にネバネバした感触があった。

「うわッ！」

悠貴は慌てて飛び起き、すぐに部屋を確認した。

（琴子はいないな！　よし！）

室内にはエアコンが効いていた。窓は閉め切られている。つまり、栗の花の匂いが充満していることになる。

自分の身体を見ると、パーカーから丸見えのお腹や太腿、さらにはシーツにまで白濁液が飛び散っていた。

「あわわわわわわ……まずい、まずいぞ」

悠貴はすぐに精液をティッシュで拭き取りはじめた。窓も開けて換気する。

咲月のパーカーにも付着していることに気づいた。血の気が引いた。

（知られたら、間違いなく殴られる！）

悠貴はそっと廊下に出て、様子を窺った。静寂に包まれていた。どうやら他のメンバーは海に行っているようだ。このときばかりは薄情な女性陣に感謝した。

一階にあるバスルームに向かった。

床が大理石で、浴槽が檜木で造られた豪華なものだった。浴槽のサイズは複数で入れるほどだった。窓からは海が見渡せた。

悠貴は桶に湯を溜めると、パーカーを洗いはじめた。

指にベタベタとした感触があった。湯の中には糸のような浮遊物があった。

「……僕は何をやっているんだか」

あまりにも情けなかった。

しかも、悠貴はまだビキニ姿のままであることに気づいて、惨《みじ》めさが増した。部屋に戻ったらすぐに着替えようなどと考えていると、後ろから突然声をかけられた。

「何をしているの？」

口から心臓が飛び出るほど驚いた。

振り向くと、琴子がいた。表情がよくわからなかった。

「ちょっと……汚れたから洗ってたんだよ」

「……もしかして、ネバネバしたもの？」

「そうそう」

そう答えながら、悠貴は背中に冷や汗が流れるのを感じた。

(もしかして夢精がバレてる!?)

かなり焦った。

「これは何ですか？」

琴子が何かを差し出してきた。

「これは？」

それは悠貴の胸に入れていたパッドだった。

（ヤバい！　完全にバレてる！）

なんとか誤魔化そうと、悠貴は脳をフル回転させた。

しかし、窮地を脱するためのアイデアが浮かばない。琴子がどう出てくるかを見極めるしかなかった。

（僕はどれだけ寝ていたんだ？　もしかして、もう咲月たちに相談しているか？　いや、していたらまず咲月が来るはずだ……どうする、どうする、どうする？）

再び琴子を見ると、彼女は考え込むような表情を浮かべていた。

「もしかして……男の子ですか？」

「ッ！」

悠貴はがくっと項垂れた。

（彼女は男性恐怖症なんだ。でも、気遣ってくれていないか？　もしかして、ナンパ男から助けたから信頼してくれているのか？）

琴子は戸惑いの表情を浮かべていた。こういう顔をしていると年相応に見えるものだと変なことを考えていた。

「ユキさんは、女の子になりたい男の子ですか？」

「違うよ！」

反射的に返事をして、悠貴は失敗したと思った。

なぜなら、琴子の顔つきが変わったからだ。咲月が怒ると怖いが、琴子のは他人を拒絶するかのような冷たさがあった。まるで氷のナイフで突き刺されるような感覚だ。

「それでは、私たちを騙していたんですね」

琴子が踵を返した。

「ちょ……ちょっと、待ってくれ」

悠貴はすぐに追いかけた。

肩においた手を振りほどかれた。

「みんな言います！」

怒りに満ちた口調に悠貴は一瞬たじろいだ。

（しかし……今さらみんなに言ったからってどうなるんだ？　首謀者の咲月はともかくとして、世里香にも知られているんだぞ……もし、あの二人が悠貴を男と知りながら、黙っていたと知ったら……琴子はどう思うだろう……）

少なくともチームの結束は修復不可能になってしまうだろう。

いや、それどころか彼女は女子のことも信じられなくなり、人間不信になってしまうのではないだろうか。

「お願いだ。話を聞いてくれ」

「……」

琴子が立ち止まった。

「まず、男であることを隠していて本当に悪かったです。ごめんなさい」

悠貴は素直に謝ることにした。

「どうして、女子チームに参加したんですか？」

抑揚のない声だった。

（どうして、女子って怒るとこんなに恐いんだろ？）

「僕は水嶋スイミングクラブに小学生の頃、通っていたんだ。そこがなくなると知って、最後の思い出に何か協力したかったんだ」

咲月のせいにすることもできたが、悠貴は罪をすべて背負うことにした。

しかし、琴子はすぐにそれを理解したようだった。

「それで咲月さんに相談したんですね」

「……うん」

悠貴は嘘に嘘を重ねた。

「そのとき、女子中学生チームに人が足りないことを知って、無理やり参加させてほしいってお願いしたんだ」

咲月に強制参加させられた経緯が真逆になってしまった。

「……それにしたって」

琴子が唇を尖らせた。妙に子供っぽく見えたが、少し心を開いてくれた仕草に思えた。

しかし、琴子は悠貴を睨んだままだ。

「私は男の人が嫌いです」

「どうして？」

「胸を見てきたり、すぐにエッチなこと言うし」

彼女ほど立派なオッパイを見るなというほうが無理な話だった。

悠貴は女装して外を歩いたときの経験から。男たちの視線の不快感もわからないではなかった。

(あのナンパ男のように、ヤバいやつが世の中にはたくさんいるんだ)

注目を浴びることは、単純な喜びではなく、恐怖でもあるのだ。

琴子のような女の子にとっては恐怖でしかないのだろう。

「僕といっしょにいたときは、怖がってなかったよね?」

「だって男子って思ってなかったもん」

口調が中学生に戻ってきた。

ここは慎重に言葉を選ばないとならない。このままでは、琴子は一生、男嫌いのままになってしまう。

「何で男が怖いの?　僕が怖い?」

「……」

「咲月は僕を怖がってないでしょ?」

悠貴は一気に畳みかけた。

「……うん。でも、咲月さんは強いから」

「幼馴染みだけど、あんなふうに強くなる前から、僕を怖がったことなんて一度もないよ」

「どうして?」

「……あまり言いたくないけど、男にも弱点があるんだよ」

「……弱点？」

「そう。女の子にむちゃくちゃ弱いんだよ。特に琴子ちゃんのように可愛い子には絶対に勝てない」

「嘘よ」

「試してみたらいいよ」

「……試すって？」

「僕を負かすんだよ」

悠貴は挑発するように琴子を見た。

彼女は視線をそらして考えていたが、悠貴の目を見返してきた。

「わかった！」

目の奥に蒼い炎が宿っているように見えた。

3

「……琴子さん、これはいったい……」

悠貴はなぜか手足をベッドの支柱につながれていたからだ。しかも、ビキニ水着を着たまま大の字になっている。

琴子もビキニに着替えていて、恥ずかしそうに身をくねらせた。

「だって、怖いんだもん」

「……縛らなくても僕は抵抗しないよ」

「嘘つきの言うことは信用できないもん」

「わかったよ。信頼回復できるなら、何でも好きにやってみて……」

「……う、うん」

琴子はまず悠貴の腹の上にお尻を載せた。

プニプニした柔らかい肉だった。だが、少女の重みがなんだか心地いい。

「いいよ」

「……やだ、エッチな目しないで」

下から見ると、彼女の乳房の膨らみは見事の一言だった。

あまりにも巨乳なので、本来見えない下の乳袋が一部露出していた。視線を察知したのか、琴子が腕で隠した。そうすると今度は乳房が持ち上げられ、前に突き出ることになる。

「そろそろ始めてみようか」

「……うん」

琴子はおもむろに手を上に振りかざしたかと思うと、ぎゅっと手を握りしめた。

「ん？」

悠貴の頭の中にクエスチョンマークが浮かんだ次の瞬間、空を切って琴子の腕が振り下ろされた。ギリギリかわせたが、枕が押し潰されていた。

「あの……琴子さん？」

「避けるんですね……わかりました。実戦はこういうもんですもんね」

琴子がファイティングポーズをとった。

（完全にマウントポジションじゃないか！　咲月にやられたときは、何も抵抗できずにフルボッコになったっけ）

「ちょ、ちょ、ちょっと待った！　タイム、タイム！」

「どうしたの？」

「勘違いしているよ」

「男が弱いっていうことじゃないの？」

「そうだけど、暴力のことを言ったわけじゃないよ」

今度は琴子の顔にクエスチョンマークが浮かぶのが見えた。

(暴力で解決するなら、第二の咲月誕生だ！)

それだけはどうしても避けたかった。

(あんなリアルデーモンを二人も世に解き放ってなるものか！)

悠貴は男の弱点を教えることとした。

「僕の顔に涎を垂らしてみて」

「……え？」

琴子は眉間に皺を寄せた。いやゆるどん引きしたのだ。

「君は涎を垂らされたら嫌だろう？」

「うん」

「でも、男はバカだから、歓ぶんだ！」

「嘘でしょ？　騙そうとしてる？」

「違うよ。やってみてよ」

琴子は悩んでいるようでお尻をもじつかせた。

そのたびに微妙な振動にビキニの中の男根がいきり立ってきた。

「うーん、わかった。やってみる」

琴子は顔を赤く染めて、頰を動かしはじめた。

そして悠貴の顔を押さえてきた。彼女の美貌が真上に来る。恥じ入るように目を閉じ、ゆっくりと唇を開いた。

(咲月が最初にしたときは、余裕がなくて抵抗したけど、なんてもったいないことしたんだ。こんなにエロいなんて！)

唾液が透明な糸を引いて落ちてくる。

「おおおお！」

生温かい唾液が顔にかかった。

自分で提案したこととは言え、予想以上に刺激的だった。唾液を垂らされているという事実が脳を狂わせていく。

悠貴は思わず口を開けて、唾液を直接受け止めた。

背筋に電流が走った。

異変を感じたのか、琴子が薄目を開けた。

「え!?」

よもや自分の唾液を貪《むさぼ》る男がいるとは夢にも思わなかったにちがいない。彼女は慌てて滴《したた》り落ちそうな唾液を吸い上げようとした。しかし、重力に逆らえず、悠貴の顔に落ちた。
（キラキラして綺麗な涎だ！）
頰に付着したそれを舌を伸ばして舐めとろうした。
「んんん」
琴子は息を飲んだようだ。
「信じらんない。やめてぇ！」
顔を押さえられ、無理やり拭《ぬぐ》われた。
悠貴はすかさずその手を舐めとった。
「ひゃあ！」
琴子が上半身を反らして飛び退《の》いた。
信じられないものを見るような目つきをしている。
（……そそられる表情だ）
同じように悠貴を虐《しいた》げる咲月にはない表情だ。
（美少女に意地悪されて、それをご褒美だと言う人を頭がおかしいと思っていたけど
……ようやく理解できた……これは、ありだ！）
悠貴は満面の笑みを浮かべた。

「ほら……男ってバカだろう？」

「……やだぁ」

「可愛い子の唾だとご褒美になっちゃうんだ」

「ワンチャンみたい」

「そう！　そうだよ。犬だよ。男なんてバカな犬なんだ」

自分の言葉に妙に納得してしまった。

(男は可愛い子を前にすると忠犬になるんだ)

しかし、琴子は素直に信じてくれなかった。

「でも、それは演技なのかも」

「うッ」

「お母さんが、男はすぐに嘘をついて、平気で浮気をするって言ってたもん」

家庭環境に深入りできないが、琴子の男嫌いの一因は父親にもあるようだ。

「演技なんかじゃないよ」

「見分けがつかないもん」

琴子が唇を尖らせた。妙に幼い仕草だったが、歳相応といえるだろう。ただ容姿が
容姿なだけに大人に見えるだけなのだ。

(身体は大人。でも、心は子供というのも可愛いもんだな)

女性の魅力は無限大だと思った。

(彼女にエッチなことを教えたら……どうなってしまうんだろう?)

悠貴は窮屈なビキニの中で熱くなった肉棒がもどかしかった。ちょうど、引いた彼女のお尻が当たりそうで当たらないのだ。

疑いの視線を依然として向けてくる琴子を見てさらに思いついた。

「もう少しお尻を後ろに動かしてみてよ」

根が素直な琴子は言われたとおり後退した。下腹部に差し掛かったところで、彼女は動きを止めた。理由はわかる。なぜなら、亀頭が尻の谷間を小突いたからだ。

「ひゃあ!」

琴子が慌てて、肉棒を確認して手を引っ込めた。

そして口を滑らせた。

「……また、大きくなってる」

「また?」

みるみる顔が赤くなっていく。

(ははーん。やっぱり僕が寝ているときに、勃起したペニスを弄《いじ》ってたんだな)

しかも、彼女は奥手のようで性の知識がほとんどないのだろう。

「男は女の子に興奮すると自然と大きくなるんだ」

「ウソ」

「嘘なもんか。実際、大きくなっているだろう？」

「でも、寝てるときも大きくなってたもん」

語るに落ちるとはこのことだが、そのことは追及しなかった。

「エッチな夢を見たんだ」

「……エッチ？　やだぁ！」

口ではそう言いつつ、チラチラと肉槍を盗み見している。

「夢の中に琴子ちゃんが出てきたんだ。しかも、大人の」

「本当……に？」

彼女に頷《うなず》いてみせた。すると、さらに尋ねてきた。

「大人の……私はどうだったの？」

その質問が意外だった。

(見た目は大人なのに、自分は子供だという自覚が強いんだ)

悠貴は琴子の攻略法が見えた。

「すごく綺麗だったし、僕をリードしていたよ……もちろんぜんぜん怖がってなかった」

琴子は悠貴の瞳を覗き込んだ。

嘘をついていないか探っているようだった。一部は脚色だが、ほとんど真実であった。

「……どうしたら、大人になれる?」

「克服することだよ」

「どうやって?」

「だから、僕で男が怖くないってことを理解するしかないよ」

琴子は目を少し閉じて考えていたが、悠貴の肩に両手を添えてきた。

「わかった」

そう言ってお尻をスライドさせてきた。

「ぐお!」

いきなり裏筋を桃尻に押し潰された。

しかも、琴子は押し潰すように臀部を振り乱した。ビキニ越しに肉棒が彼女の尻の谷間に食い込んだ。

（チ×ポが潰されて痛いのに感じるぞ！）

前後に動くときはビキニ同士が擦れ合い、腰を振るたびにはみ出した尻肉に刺激された。

「んんぁぁ！　いい、チ×ポが……」

「ここが急所ね！」

動けない悠貴が身悶える様を見て、琴子は腰の動きをさらに大胆にして肉棒に体重を預けだした。

いつのまにか、琴子も前のめりになって、股間を肉竿に擦りつけている。

「んん……んぁ」

豊満な乳房をはち切れんばかりに揺らしながら、甘い吐息を溢している。

「ど……どう？　気持ちいい？」

「……わかんないけど、変な気持ち……」

「感じているんだよ」

琴子は戸惑っているようだった。

それでも快楽に抗《あらが》えないようで、動きがダイナミックになっていった。

「もっと……もっと」

水着越しの刺激はもどかしいようだ。

「今度は僕の顔の上にお尻を載せてみて」

不審がると思ったが、期待に満ちた顔をしていた。

「……うん」

興奮してるせいか、琴子は悠貴の指示に素直に従っている。黒いビキニに割れ目の縦筋が刻まれ、蜜汁の湿り気があった。

いよいよお尻が悠貴の顔に載ってきた。

柔らかい尻肉が鼻と口を押さえてきたので、少し息苦しくなる。しかし、悠貴は懸命に舌を伸ばし、水着の上から割れ目を舐めはじめた。

「ひゃあ！」

琴子は悲鳴をあげて、腰を持ち上げた。

しかし、悠貴も離さなかった。首を伸ばして愛撫を続けた。

「美味しいよ」

「やだ、ばっちぃよ」

「汚くなんかないよ」

悠貴はビキニの縁からはみ出した脚の付け根を甘嚙みした。

(手が自由なら、尻を揉んで、もっと舐め回してやりたい)

ときおりビキニの縁から舌を侵入させようと試みたが、さすがに難しかった。

「本当に汚いよ」

「お尻の穴だって、男は舐めることができるんだ」

「……本当?」

「うん」

「でも、お尻はやめて」

琴子は下唇を嚙み、ビキニをずらして、秘裂を曝《さら》け出した。

陰毛が恥丘を覆っていたが、その生え方は年相応に薄かった。

大陰唇にはまったく生えておらず、綺麗な色合いをしている。しかし、小陰唇だけはかなり成長しており、割れ目からはみ出していた。

(……アソコにも個性があるんだ)

ペニスだって大きさが違うのだから当たり前なのだが、見てみないとわからないものだ。

悠貴は本能のまま陰裂にむしゃぶりついた。

「んんんぁ!」

天を仰いだ琴子が黒髪を背中で揺らした。

4

「あくぅ」

無垢な割れ目を舐め上げるたびに、琴子は可愛く喘いだ。

最初は腰が引けていたが、次第に悠貴に体重をかけはじめた。

膣穴から甘露のようなジュースが流れ出してくる。

「蜜が美味しいよ」

蜜の味にも個性があるようで、琴子の水蜜はヨーグルトのような薫りと若干の酸味があった。

「ん、んん、んあぁ」

乳房に比べるとやや小ぶりのお尻を押しつけてきて、本能のままに腰をくねらせはじめた。

悠貴の鼻は会陰に押し潰され、これ以上力が加わったら折れてしまいそうだ。

だが、たとえようのない高揚感が鼻の痛みさえも吹き飛ばした。

「美味しいよ……美味しい」

「舐めたら、汚いのに……」

拒絶する言葉とは裏腹に、琴子の乱れ方はヒートアップしていた。

悠貴は膣穴から狙いを変えた。先ほどから肉の尖りが気になっていたのだ。そこに舌を這わせてみた。その瞬間、琴子の乳房が跳ねた。

「ひゃ！」

新たなターゲットは女の急所だった。

（やはりクリトリスはすごい反応なんだ！）

肉豆はまだ薄い包皮に覆われたままだった。悠貴は舌で包皮を剝こうとして、必死で舌を蠢かせた。

「あ、あくぅ……お腹の中が……ひぃ、熱くなっちゃう！」

「身体をもっとこっちに」

琴子は素直に従ったので、淫核を剝きやすくなった。

薄い包皮をゆっくりと剝いていく。中から小指の爪ほどの大きさの肉豆が現れた。年齢にしては発達しているように感じられた。

ようやく露出した肉豆を転がしていく。

「んはぁ、変になっちゃいそう」

「大丈夫だよ。気持ちよくなるだけだよ」

「ユキさんのように？」

「え？」

「寝ながら白いオシッコを飛ばしたように？」

夢精のことだとすぐにわかった。

（精液という言葉も知らないんだな）

悠貴は無垢な少女にエッチなことを教える禁断の悦びにうち震えた。

「男と女では少し違うけど、どっちも絶頂に達することができるんだ」

「……イクってやつね」

そんなことを口走ってしまった自分が恥ずかしかった。その羞恥心を掻き消すように、愛撫することに没頭した。

琴子の腰が痙攣しはじめた。明らかに感じているのだ。

「怖い……なんか来るぅ」

言葉とは裏腹に、積極的に快楽を貪ろうとする一面もあったようだ。すると股間に少女の吐息を感じた。

予想外のことが起きた。なんと彼女がビキニからはみ出したペニスの先端にキスをしてきたのだ。シックスナインという体位になっている。

「！」

興奮のあまりペニスはびくんと痙攣してバウンドした。

「ああ、最高だ。もっとやって……」

「……うん」

悠貴は催促するように愛撫にスピードを上げた。

すると琴子もためらいがちに亀頭の根元まで咥え込んできた。

（もどかしい。ビキニからペニスを引き出してほしい）

その願いが通じたのか、琴子が肉槍を摑みだした。

アイスキャンディを舐めるように肉竿を舐め回しはじめた。

しかも、悠貴の腹の上を豊満な乳房が揺れ動くのだ。

「あぁ、すごい。チ×ポがすごく感じる！」

「なんかネバネバしたものが出てくる」

「先走り液だよ」

「うーん、しょっぱくて臭いよ」

「それが大人の味だよ」

悠貴は適当なことを言って琴子が興味を持つように誘導する。

納得したのか知らないがフェラチオに熱がこもってくる。さらに、悠貴が膣口を吸って蜜汁を搾り出すと、その真似をしてくれた。尿道からカウパー氏腺液を吸い出してくれたのだ。

（エッチなことを教えるって、なんて興奮するんだろ）

後ろめたさが快感を倍増させる燃料となった。

琴子はスポンジが水を吸収するように、どんどん愛撫を学習していく。

（あと少しでイケる……おお、もっと裏筋を舐めてくれ！）

そう思った瞬間、琴子はフェラチオを中断した。

「え？」

「よし、わかった！」

「何が？　わかったの？」

「ユキさんが言ってたことが、だよ」

悠貴のペニスは聳え立ったまま、絶頂を目前にしていただけに虚しく震えている。

琴子はゆっくりと亀頭に指を当てた。

興奮のあまりペニスが跳ねた。

（あと一押しでイケるのにイケないなんて……もどかしすぎる）

懇願しようしたとき、肉竿に痛みが走った。彼女が爪を立ててきたのだ。

「んぐぅ」

「男の子ってここが弱点なのね」

肉竿を軽く引っ掻きながら、琴子が訊ねてくる。

「……そうだよ」

「舐めてほしいの？」

琴子が後ろを振り返って言った。

悠貴は懸命に頷いた。

「ダーメ！　先に私のほうを気持ちよくさせて」

「そんなぁ」

一瞬にして主導権は琴子に移った。彼女の次の台詞と悠貴の反応がさらに決め手となった。

「ユキ、返事は？」

呼び捨てにされた。

「はい」

躾けられた犬のように、首を伸ばして琴子の股間を舐めた。しかも、先ほどのように舐めやすいように腰を落としてはくれなかった。そのため、四肢を縛られている悠貴は、懸命に舌を伸ばして割れ目を舐めるしかなかった。

琴子はときおり腰を上げ下げして、快楽をコントロールしているようだった。悠貴は為《な》す術《すべ》がなかった。

「僕の顔をお尻で踏んでください」

「やだ。歓ばすだけだもん」

「ええ!?」

「さっき、お尻の穴も舐めることができるって言ったけど本当?」

「本当、本当だよ」

「じゃあ、ちゃんとお願いするのね」

琴子が見下ろしてくる。どこかで見た目つきだった
(そうだ、咲月だ!)

屈辱的だが、頭の中がひりつくような快楽もあった。

「……お、お……お尻の穴を舐めさせてください」

「ええ……いいですけど……」

どうやら琴子も男に奉仕されることに悦びを見出したようだ。恐怖の対象だった男が自分に服従するようになったことで、彼女の中でパラダイムシフトが起きているのかもしれない。

琴子は和式便器に跨がるようにして、悠貴の顔にお尻を押しつけた。

「……お尻を開いてもっと見せてください」

悠貴は琴子に懇願した。彼女が恥ずかしい思いをするのではないかという期待があった。しかし、大胆に尻の谷間を開き、菊門を露《あらわ》にさせた。

もちろん、肛門周囲にも一本も無駄毛はなく、茹《ゆ》で卵のようにつややかな美臀だった。本当に排泄器官かと目を疑ってしまうほど綺麗だった。

悠貴は舌を伸ばして舐めはじめた。

「んん！」

割れ目とは違う味わいが舌先に広がった。

一本、一本、菊皺をなぞるように舌を押し当てていく。

「やぁん……本当にお尻を舐めてる……」

悠貴はどうしても直腸に舌を挿入したくなった。

息づくようにヒクつく菊蕾を舌先で軽くノックした。どうやら琴子は肛門に嫌悪感を抱いていないようだった。悠貴は舌先を鏃《やじり》のように尖らせ、ゆっくりと侵入を試みた。

「……んあぁ」

肛門は膣穴よりも硬く、異物を拒むような抵抗感があった。

「深呼吸してみて」

琴子がそれに素直に従うと、肛門括約筋がゆっくりと緩んでいくのがわかった。そっと舌を潜り込ませた。ゴムみたいに弾力に富んだ括約筋が舌を締めつけてくる。

（うぉ、苦いぃ！　だけど、病《や》みつきになりそうだ！）

味覚の正体を知っているだけに、背徳感がハンパなかった。

後頭部がハンマーで殴られたように疼いてきた。いつのまにか激しいピストン運動を繰り返し、舌で腸壁を舐め上げていた。

（美少女の尻の中を奉仕するなんて！）

以前の悠貴なら考えられないことだ。

年下の美少女がアナルで感じていた。手が自由なら彼女の巨乳を揉んだり、割れ目を弄ったりといろいろしたいところだ。だが、彼女の気まぐれでしか快楽を与えられない。

「あぁ、お尻、もうだめぇ」

琴子が前のめりに倒れた。勃起したペニスが乳房に押し潰された。

「んぐぅ！」

悠貴は呻いた。あと少しで射精しそうだった。

琴子が満足して自分に褒美をくれるように愛撫に集中したかった。だが、舌が届かなくなった。芋虫みたいにのたうち回っていると、琴子がペニスの存在に気づいた。

「イキたい？」

悠貴は懸命に頷いた。しかし、琴子は子供特有の残酷さを見せてきた。

「ダメ！　ユキの白いオシッコは汚いもん」

「そんなことないよ」

琴子はサイドテールに結んでいたゴムをほどき、肉槍の根元に手際よく結びつけた。

そして、悠貴の股座《またぐら》に上半身が来るように移動すると、ビキニのブラを少し持ち上げた。そして剝き出しになった下乳の谷間に亀頭を挟み込んだ。

「んんんん！」

パイズリだ。

咲月にも同じことをされたことがあるが、琴子のほうが三サイズも大きい乳房だから、サンドイッチされたときの刺激が強烈だった。しかも、水着で寄せ合わせているので、圧迫感がすさまじかった。琴子が上半身を揺らすと乳房がバウンドして、悠貴の亀頭が見え隠れした。

「オッパイの間でビクビクしてる。なんだか可愛い」

すでに射精の限界を越えているはずなのに、ゴムできつく締めつけられているために爆発できなかった。会陰の底でグツグツと茹だる射精欲が行き場を失い、増幅するばかりだった。

「お願いだから、射精させて……」

亀頭が乳房の合間から顔を出すたびに、泣いているかのように先走り液を垂らしていた。

「本当に男の子ってこんなに弱かったんだ」

琴子の意識が変わったのは成功と言えたが、立場が逆になってしまった。

（僕はモンスターを生んでしまったのだろうか？　でも……抗えない）

若干、不安になるが、なんとか射精まで導いてもらいたかった。

「何でもしますから、どうか……お願いします」

「うーん、飴と鞭《むち》というしなぁ。ユキちゃん……じゃなくて、ユキくん、頑張ってくれたからご褒美あげようかなあ」

5

ゴムを外して射精を許されるのではないかと期待していたが、そううまくはいかなかった。

琴子はビキニを脱ぎ捨て、生まれたままの姿になった。

ビキニ越しでも、年不相応のバストサイズだが、裸になると圧倒的な迫力だった。しかも、乳房は単にたわわに実っているだけでなく、中学生らしい張りがあり、まったく形が崩れていなかった。乳輪は薄桃色でサイズが小さかった。

恥丘の陰毛もまだ伸びきっておらず、幼い印象を受けた。だが、手足は女子大生のように長かった。

(やはり成長したら誰もが振り向くような美人になるはずだ。もしかしたら、モデルにスカウトされる逸材になるかも)

それほど神々《こうごう》しいオーラが放たれていたのだ。

だが、射精を禁じられているので、悠貴は地獄の苦しみでしかなかった。

「私をちゃんと大人にできたらイカしてあげるね」

「ちゃんと……舐めるので、先にイカせてください」

「まだ、お預け。それにもう舐めなくていいのよ」

悠貴は途方にくれた。拘束されていては身動きができないからだ。

すると琴子が素足で悠貴の肉槍を踏んできた。

裏筋を摩擦されてとてつもない快感が走るが、一方で射精できないもどかしさが苦しい。

「すごい色になってるわ」

琴子に言われてペニスを見てみると、充血して真っ赤に変色していた。

「このままじゃ、腐っちゃうよ！」

悠貴はなかば悲鳴をあげて訴えた。

「そうなったら、本当に女の子になれるかもよ？」

琴子は冷淡な笑顔で冗談を言う。それがたまらなく魅力的なのだから、始末が悪い。

「とにかく、早く解放してください」

悠貴は身体をくねらせながら訴えた。

琴子が悠貴の上に跨がったかと思うと、驚いたことに腰を下ろしてきた。

そして屹立した肉棒を自らの花唇にあてがったのだ。

「こんなに大きいのに入るかな？」

「もしかして……」

「うん。大人になりたいの」

琴子はあっけらかんと大胆なことを宣言すると、亀頭を膣口に押しつけた。

だが、肉棒が意思に反して躍動して、膣口から外れてしまう。

「もう逃げたらダメよ」

口ではそう言っていたが、わざと焦らしているように見えた。

「早く……早く入れて」

肉棒が制御不能に陥ったようピクピク痙攣して飛び跳ねている。

少しでも刺激を求めているようだ。いや、渇望しているのだ。

「仕方ないなぁ」

琴子は肉棒をまた膣口に押し当てた。

あまりに余裕のある態度に、もしかして処女じゃないかもしれないと訝《いぶか》しんだ。処女じゃないなら、早熟な身体も納得できる。

亀頭がゆっくりと膣口に埋没しはじめた。

「くぅ」

切ない声を絞り出した琴子の顔はめちゃくちゃエロかった。

悠貴は腰を突き上げたくなる衝動を奥歯を嚙みしめて堪《こら》えた。

「無理しないでね」

「初めてが痛いのは知ってるもん。我慢できるもん」

「……でも」

「私がユキくんの童貞をもらうんだから」

「それは嬉しいけど」

悠貴は気まずい気持ちになった。それが表情に出たようだ。

「もしかして、もう卒業しているの？」

「……え、まあ……」

悠貴は嘘がつけない単細胞なのだ。

「それって、咲月さんとでしょ？」

「違うよ！　そんなわけないじゃん！」

咲月とそんなことになるとは考えられないことだ。そもそも咲月は悠貴など眼中にないはずだ。思わずその不満が口から出てしまったのだろう。

「咲月ちゃんは……彼氏がいるんじゃないかな……」

「そんなことないと思う。男子といるところなんて見たことないもの」

琴子の咲月に対する評価は意外なものだった。何か思い当たる節《ふし》があるのか少し意地悪く微笑んだ。

「じゃあ、私は咲月さんより先に大人になるんだね」

優越感のようなものなのだろうか。女性にもそういう気持ちがあることを知った。

とにかく琴子はやる気になったようで、再び身体を密着させてきた。

亀頭がゆっくりと姿を消す。

世里香のときに感じた処女膜の感覚を肉棒の先端に味わった瞬間、プチッと瞬時に破けてしまった。

「んんんん」

琴子は呻《うめ》き声をあげたが、痛みに負けじと勢いよく腰を落としてきた。肉棒が狭隘《きょうあい》な膣道を強引に押し拡げて子宮口に達すると、子宮をさらに体内に押し上げていくのがわかった。

肉襞が男根に絡みつき、琴子が身動ぎするたびに快楽の火花が目の前で弾けた。

「んぐぐ！」

悠貴も一心不乱に喘いでいた。

すぐに射精してしまっても仕方がないのに、それが叶わなかった。

肉棒を根元まで挿入し終えると、琴子は悠貴の胸に両手を当てて深呼吸を始めた。

かなり痛いのかもしれない。

すると琴子が悠貴の水着を捲り、乳首を強く刺激してきた。

「……本当に男の子なんだね」

「うん」

琴子の乱れた呼吸が少し落ち着いたようだ。

だが、悠貴のほうは狂おしい射精欲に駆られていく。

（射精したい！　あぁ、思いっきり出したい！）

動いても意味がないとわかっていても、無意識に腰を捩った。

肉棒をしっかり咥え込んだ膣襞が蠢いている。名状しがたい快楽が今や地獄の苦しみ以外の何ものでもなかった。

しかも、冷静さを取り戻した琴子は、悠貴の乳首を指で転がした。そうかと思えば、強く摘まんだりもしてくる。

「んあ！」

「乳首をグリグリするたびに、オチ×チンがピクピクしてる」

「あッ……あぁぁ」

「こういうのマゾっていうんでしょう？」

悠貴は自分に被虐願望があるなんて信じたくないが、この状況で射精がしたくて堪らないのも事実だった。

「お願いです。出させてください」

「私が気持ちよくなれたらね」

琴子は腰をグラインドしはじめた。

「うごぉぉ！」

鬱血《うっけつ》した逸物が折れてしまうのではないかと心配になる。

それほど強烈な快楽にペニスが蕩けそうな感覚になる。

「あぁ、あんん！　これがセックスなんだ」

「んん……んあぁ」

驚いたことに琴子も感じはじめたようで、腰のグラインドがさらに大きくなってきた。

「思ったよりぜんぜん怖くなかった。それどころかこんなに気持ちいいなんて」

騎乗位の琴子は乳房を弾ませて言った。

ヌチュヌチュと卑猥な粘着音が鳴り響いた。

悠貴は股間を盗み見た。

「ねえ、苦しいよ。本当に外してくれないかな?」

「え?」

いつのまにか怒張が赤紫色に変わっていた。血管は今にも破裂しそうなほどパンパンに膨れ上がっていた。

「お願いだ。イカせてください!」

「しょうがないわね。先にイッちゃダメよ? あと少しで私がイクから……あ、あぁ、いい」

ようやくペニスが解放された。一気に血液が広がり、奇妙な感覚に陥る。見れば、ペニスはいっそう膨張したような気がする。

それに遅れて凄まじい搔痒《そうよう》感が襲ってきた。

「うごごぉぉ！」

悠貴は腰を縦横無尽に振り乱した。

「ああ、すごい、すごいの」

勢いのついた肉棒を膣襞が激しく締め上げる。

そして琴子は一瞬身体を強張《こわば》らせたかと思うと、絶叫しながら絶頂に達した。

その瞬間、膣壺全体が波状攻撃のように収縮した。

悠貴のほうも我慢の限界だった。

股間から大量のマグマが押し寄せ、尿道を灼き、奔流となって吐き出されていった。

何度も何度も白濁液が間欠泉のように噴き上げ、身体を離した琴子の身体に着弾していく。

「舐めて綺麗にしてね」

四肢の拘束を解かれた悠貴は己の白濁液を舐めとっていった。

(僕は……本当にマゾなんだろうか？)

否定したいところだが、今の境遇に満足感を得ているのも事実だった。

第五章　純情女王様は処女

1

「悠貴、最近なんか疲れてない？」

　咲月が練習後に声をかけてきた。

　表情がげっそりしているという。今週末には大会を控えているので、練習量も増えているが、本当の原因は世里香と琴子だった。

（二人とエッチしすぎて疲れてるなんて言えないよな）

　咲月が悠貴をメンバーとして迎え入れてくれたが、他のメンバーに手を出していることが知られたら、殴られるどころか命さえ危うい。

　でも、あの二人から連日のように呼び出されては断れるわけがなかった。

（身体が一つじゃ、保《も》たないよ）

そんなことを考えて複雑な表情になっている悠貴の顔を咲月が覗き込んだ。

「でも、肌の艶がよくなっているよね」

「そ、そうかな？」

「もしかして女性ホルモンが出はじめた？」

咲月は何がそんなにおかしいのかニヤニヤしている。

「そんなことないよ！」

とっさに怒ったものの、自分でも気づいていた。

いつのまにか、女子の制服にも慣れていた。街ですれ違う男の視線を感じても、優越感を覚えるようになった。喜びを感じていたのである。

学校で男子の恰好をしていると、どこか物足りなかった。そのことをあまり深く考えないようにしていたが、大会が終わると女の子でいる理由がなくなる。注目を浴びない日常が戻ってくるのだ。

（いったい、僕は何を考えているんだろう……）

咲月は悠貴の耳元で囁いた。

「もっと男性ホルモン出しとく？」

股間を指してわざと下品な笑い方をしてみせた。

「い、いいよ」

「別に恥ずかしがらなくてもいいじゃん」

路地裏に連れて込まれ、背後から抱きつき、股間を揉んできた。

しかし、悠貴のペニスがおとなしいままだ。

「あれ？　どうしたの？」

「今日はそういう気がしないんだ」

そう言って悠貴はダッシュで逃げた。咲月は追いかけてこなかった。


翌日、咲月からグループメッセージが送られてきた。練習中止の連絡だった。大会までに体力を温存する必要があるので、猛練習を避ける意図があるのだろう。

（助かった……）

すると、悠貴のもとに世里香と琴子からそれぞれメッセージが届いた。

下校時間になると、悠貴はすぐに近所にあるショッピングモールのトイレで女装して、琴子に会いにいった。荷物はロッカーに預けた。

彼女たちには悠貴が男であることはバレているわけだが、彼女たちの前で男子に戻ることは許されなかった。

(何のプレイだよ！)

急いだが、五分近く遅刻してしまった。

待ち合わせした駅の広場にあるモニュメントの前で琴子は腰に手をあてて、いかにも不機嫌な顔をして待っていた。とても去年までランドセルを背負っていたようには見えなかった。

「遅いわね」

「ご、ごめん」

睨まれて悠貴はすぐに謝った。謝りグセがついている気がする。

琴子は当然のように学生鞄を突き出してきた。悠貴は素直に荷物を持って彼女についていく。

以前の琴子はみんなでいるときも控えめで後ろからついてくるタイプだったが、今は自信に満ち溢れ堂々と歩いている。悠貴は並んで歩くことが許されない気配を感じ、従者のように荷物持ちに徹した。

最近改装されらデパートに入ると、女子トイレの個室に連れ込まれた。

「気が利かないわね？　さっさとパンティを脱がして」

「……はい」

悠貴はスカートの中に手を入れ、パンティを膝までずり下げた。白いパンティだったが、クロッチの部分が黄色く染まっており、アンモニアの香ばしい薫りがした。

琴子はスカートを捲り上げて便座に腰掛けた。

まだ生え揃っていない割れ目が丸見えになっている。

「見てもいいわよ……ほら、もっと近くで見たら？」

光沢を帯びた花唇が開き、内側からぷっくりと盛り上がったかと思うと、聖水が勢いよく噴出した。飛沫こそ悠貴の顔にかからなかったが、熱気を帯びた薫りが鼻腔を襲ってきた。

悠貴はパンティの中で肉槍をギンギンに勃起させてしまった。

「綺麗にして」

トイレットペーパーに手を伸ばすと、手をはたかれた。

「え？」

「舐めて綺麗にするのよ」

「……」

絶句した。

「お尻の穴の中まで舐めたくせに」

「それは、そうだけど……」

悠貴は渋々顔を近づけて、聖水で濡れそぼった恥裂を舐めはじめた。生温かい液体を舌先で舐めとると背徳感のある味がして、さらに勃起した。

「ああ、いい……アソコも舐めて」

クリトリスの包皮を捲り上げ、唇で愛撫すると、蜜汁も溢れ出しアンモニアと混ざり合った。それを余すところなく舐めとっていく。

まるで褒美だと言わんばかりに、琴子が悠貴の股間に爪先を押しつけてきた。そうして肉砲を荒々しく愛撫してくるのだ。

「んん！」

裏筋を硬い靴底で乱暴に擦り上げられ、痛いはずなのに射精欲が高まってしまう。

しかし、悠貴の愛撫が少しでも疎《おろそ》かになると、激痛が走るほど踏み躙《にじ》られた。

（あぁ、ちゃんと舐めますから……）

懸命に舐めると、琴子は焦らすように優しく亀頭を小突いてくる。もっと刺激が欲しい悠貴はさらに卑しく愛撫をするしかなかった。

「あぁ、イクッ！」

声を押し殺して叫ぶ琴子の膣から大量の粘液が溢れ出した。それと同時に彼女の足が伸びて痙攣した。同時に肉棒が刺激されて、あっけなく射精が始まった。

「僕もイクゥ！」

快楽の余韻に浸りながら琴子はパンティを脱いだ。

「ご褒美にあげるわ。私だと思って学校でも穿いていれば？」


琴子から解放されたあと、すぐに世里香が通うお嬢様学校近くにあるカフェに呼び出された。

「はい。これに着替えてくださいね」

カフェに到着するなり、そう言われた。丁寧《ていねい》な口調だったが、有無を言わせぬ響きがあった。

手渡されたのは体操着のようだった。悠貴は早速トイレで着替えさせられた。世里香もなぜか体操服である。着替えは世里香がまとめてリュックにしまった。

「これ……恥ずかしいよ」

「失礼ですね。うちの学校の体操服ですよ」

「でも……」

悠貴は半袖の体操着の裾を引っ張り、臙脂《えんじ》色のブルマを隠そうとした。どうしても股間が不格好に膨らんでしまう。

カフェにいるサラリーマンらしき男が訝《いぶか》しげにちらちら見ている。

「似合ってますね。でも、そういう着こなし方はＮＧです」

世里香は悠貴の体操着の裾をブルマの中に入れた。

先ほど射精したというのにムクムクと肉棒が屹立し、股間部がさらに怪しく膨らんだ。

「……こんなのを着てなにするの？」

「ブルマってどう思います？」

逆に質問で返された。

「ブルマがまだあったんだって……」

「女子人気は悪いですね。でも、私は好きですよ。昔はこんなパンティみたいなのをみんなの前で着ていたなんて素敵じゃないですか？」

「……何が？」

「あれ？　女装姿を人に見られて興奮しているのに、これが理解できないなんて嘘です」

世里香は頬を膨らませて怒ってみせた。

「何をするの？」

「ランニングに付き合ってください」

本当にただのランニングが始まった。

しかし、オフィス街にブルマ少女が二人だからかなり目立っている。ふだんの女装の比ではないほど視線を集めている。特に中年の男たちの視線は熱かった。中にはスマートフォンでこっそりと盗撮してくる者もいた。

（あぁ、見られている！）

そう思うと身体の奥から熱いものが込み上げてきて肉棒が疼いて仕方ない。

「もう興奮しちゃってるの？」

世里香は呆れたように言った。

「だって……あぁ」

「どうやら露出狂の毛もあるみたいですね」

「ひどいこと言わないで……」

きっぱり否定できない自分が情けなかった。

しかし、意識すればするほど興奮が高まってくる。三キロほどの軽いランニングだったが、終わったあと、テナントビルにあるトイレの個室に世里香と入った。ブルマ越しに肉棒を擦り上げられた。

「あぁ、だめぇ、イクッ！」

そのとき誰かがトイレに入ってきた。悠貴は息を止めた。しかし、ガクガクと脚を震わせながらブルマの中にあっけなく射精してしまった。

水を通しやすい水着とは違い、ブルマの表面は滲《にじ》むだけで、ドロドロの白濁シロップが肌と陰毛に纏《まと》わりついた。

「あーあ、誰が勝手に出していいって言いました？」

「うぅ……ごめんなさい」

下腹部にまとわりつく精液が不快だった。すぐにでも脱ぎたかった。

しかし、小悪魔はそれを許さなかった。

「罰として明日までそのブルマを穿いておくこと。もちろん、学校でも脱いじゃダメですよ」

「そんなぁ……」

「メッセージで連絡しますから、すぐにブルマ姿の写真を送ってくださいね」

ブルマを穿いたまま学校に行くことを考えると、不安で憂鬱な気分になった。しかし、そうした感情だけではないことを認めないわけにはいかなかった。ブルマを穿いていくという倒錯とスリルに期待を抱いていたのだ。

その証拠に、肉棒がむくむくと起き上ってきた。

（……いったい僕はどうなってしまうんだ）

トイレから出るとき、個室に入った誰かがその後どうしたのかはわからなかった。

2

翌日、悠貴は学校で気が気でなかった。

なぜなら、琴子のパンティと世里香のブルマを穿いていたからだ。しかも、乾燥した精液がゴワゴワして気持ち悪かった。だが、授業中だというのに勃起して、先走り液を垂らし、白濁液の塊《かたまり》を溶かしていた。

（なんで、こんなふうな身体になってしまったんだろ……）

世里香から写真を送るようにメッセージが届いた。言われたとおり、休み時間になると、トイレに駆け込んだ。ズボンを下げたとたん、こもっていた栗の花のような刺激臭が一気に漂ってきた。

個室でブルマ姿を撮影して送信した。

(こんなのバレちゃうよ)

午後からは体育の授業があった。

体調不良を理由にさすがに休んだが、悠貴は妄想が止まらなかった。もし、みんなの前で着替えたり、女装して女子の体育に参加したりしたらどうなるかと思うと勃起してしまった。

(僕は本当に変態になってしまったのだろうか……)

悠貴はスイミングクラブに復帰してからというもの、自分がすっかり変わってしまったことにさすがに気づいていた。

そのとき、グループメッセージが入った。

今日も練習は中止らしい。

悠貴は安心したが、すぐに世里香と琴子からメッセージが届いた。また呼び出されるのかとドキッとしたが、二人とも今日は予定があるという内容でほっと胸を撫で下ろした。

放課後、咲月に絡まれる前に帰宅しようとしたが、咲月が家の前で待っていた。

「ちょっと来て」

「いったん家に……」

安住の地を目の前にして、悠貴は咲月の部屋に連行された。

今日は咲月の両親はいないようだ。

ドアの前で咲月が仁王立ちしている。

「何か言うことないの？」

「……」

「悠貴。昨日、あんたを尾行させてもらったわ」

背筋が凍りついた。

「あんた、何してるの？　あれじゃ二人に調教されてるじゃない」

「ちょ、調教って……」

「そうでしょ？　証拠はそこにあるんじゃない？」

咲月は悠貴が抵抗するまもなくズボンを無理やり脱がした。

ブルマが現れた。憐《あわ》れな悠貴を睨みつけると、すぐさま尻を叩いた。しかも本気で。

「いたッ！」

「最近、おかしいと思ってたのよ」

「うぅ、許して」

悠貴の尻がみるみる真っ赤に染まった。

「何に対して謝ってんの？」

「二人と……エッチなことをしたことです」

パシーンと尻を強く叩かれた。

どうやら答えを間違えたようだ。

「何を勘違いしているの？」

「どういうこと？」

「確かに二人とエッチしたのは許せないけど、許せないのはそっちじゃなくて、悠貴は私のものだという自覚があんたにまったくないってことよ」

怒気のこもった咲月の声は震えていた。

（こんなに怒っている咲月は初めてじゃないか？）

悠貴は土下座をして謝ろうとしたが、咲月を見上げるとハッとした。

あの気丈な咲月の目が涙で潤んでいたのだ。

「あんたは、私のもんなんだからね」

「……」

「脱ぎなさいよ」

悠貴は素直にそれに従った。

咲月も悠貴を睨みつけたまま制服を脱いだはいいものの、恥ずかしそうに身をくねらせ、下着姿ながら大切なところを手で隠してる。

(もしかして、恥じらっている?)

幼馴染みの咲月が恥じらう姿を目撃したのは初めてかもしれない。悠貴はドキッとした。それと同時に肉槍を直立させた。

「醜いわ」

あまりにも直球な言葉に、悠貴は心が締めつけられるような気持ちになった。

(暴言には慣れているのに、どうして……)

悠貴は自分でもわからない感情に動揺した。

下着姿の咲月がまるで別人のように見えた。

目の前にひざまずいたかと思うと、おもむろにペニスをウエットティッシュできれいに拭きはじめた。

「汚れを綺麗にしてあげる」

亀頭から雁首、竿まで丁寧に拭き取ってくれた。優しい刺激だったが、鈴口から先走り液がじわりと溢れ出た。

それが終わると、咲月は目を閉じて慈《いつく》しむように肉棒を舐めはじめた。他の女の痕跡をすべて消すような念の入りようだった。

先端に溜まった先走り液を舌で吸い上げ、唾液と絡めて肉竿に擦りつけてきた。

そして、胸の谷間に挟んで激しく肉竿をしごきだした。

(つまり、どういうことなんだろ)

悠貴は咲月の気持ちがイマイチ理解できず困惑していた。

(もしかして……僕のことが好きなのか？)

そんな考えが頭をよぎったが、すぐに打ち消した。

(そんなことがあるわけがない。咲月は僕のことを自分のオモチャだと思っているだけだろ)

独占欲が強いだけだと思うと腹が立ってきた。

「僕は物じゃない」

悠貴がそう言い放つと咲月は弾かれたように顔を上げた。

今にも泣きだしそうに見えたが、それは一瞬のことだった。

次の瞬間、いつもの勝ち気な顔に戻っていた。

（咲月が僕に女装なんてさせるから、こんな目にあってるんじゃないか！）

咲月に怒りをぶつける権利があるのは自分のほうだ。悠貴の怒りは次第に高まってきた。

「あんたが男に生まれるからいけないのよ！」

突然、咲月が悠貴の頬を叩いた。

あまりに理不尽だ。

「僕が女だったらよかったのかよ！」

「そうね。そうしたら、妹のように可愛がれたのに」

（なんだよ！……僕だけが勝手に絆《きずな》を感じてただけかよ）

怒りを通り越して虚しさが襲ってきた。呆然と咲月の顔を見た。表情は固いままだが、頬に涙が流れていた。

（なんで泣いているんだ……泣きたいのはこっちだよ）

「こっちはどんなに理不尽な目にあっても、どこかでは姉のように慕っていたのに」

「私は姉みたいに慕われたいわけじゃないの！　悠貴に女として見てもらいたいのよ！」

「……え？」

悠貴は咲月の言葉の意味がわからなかった。

「私はあの二人よりも魅力的じゃないかな？」

フリーズした悠貴の前で咲月は下着も脱ぎ捨てた。

身体のラインは水着姿で見ているし、パイズリもされたことがある。だから、ある程度予想できていたはずなのに、全裸はその想像を軽々と超えてしまうほどの魅力に満ちていた。

女として意識してもらいたいと訴えた咲月の身体は女性のもつ最高の優美さを誇っていた。細い腰からヒップに至る魅惑的なライン。水泳で鍛えられた引き締まった脚も美しい。お腹には贅肉がなく、うっすらと腹筋が浮かんでいる。

（なんてバランスのいい肉体なんだ）

乳房のサイズは琴子ほど大きくないが、ちょうどいい理想的な形と色艶だった。ピンク色の乳首の尖りは妙に大人びていていやらしいかった。

股間は逆三角形の陰毛で楚々と覆われている。陰毛の中央部の繊毛は濃いが、端は産毛《うぶげ》のように薄く、割れ目が半分ほど見え隠れしている。

咲月からは絶えず甘くフルーティな薫りが漂っていた。

（こんなに綺麗だったんだ！　咲月は僕を男として意識しているってこと？　いや、

そんなことありえるか？）

　思わず視線をそらした。

「悠貴、ちゃんと見て」

　あの暴君だった咲月が消え入りそうな声で言った。

　しかし、肝心の悠貴のペニスはおとなしいままだった。あまりに綺麗な身体だと勃起しないのだろうか。悠貴は困惑した。

「……勃起しないの？」

「な、なんでだろ」

「やっぱり私に魅力がないから？」

　必死で首を振った。

「それは絶対に違う。綺麗だよ」

「嬉しい。初めて褒めてくれたね」

　咲月が今までにない恥じらいを見せて微笑んだ。

「悠貴は女装してないと感じない身体にされたんだわ」

　咲月は自分のことを棚に上げて断言した。

「二人とはどんなエッチしたの!?」

「え？　あ？　えっと……」

「早く教えなさい！」

いつもの咲月に戻っていたが、これまでと違ってキラキラ輝いて見えた。根が正直な悠貴は世里香と琴子とどんなことをしたか答えていた。ビンタの一つくらいは覚悟していたが、それを聞いた咲月は思案するように腕を組んだ。

「わかったわ！」

「な、何が？」

「悠貴は普通の男子がするようなエッチをしていないのよ」

言われてみると、確かにそうだった。

「私としてみない？」

言うやいなや咲月は飛びついてキスをしてきた。

悠貴は驚いたが、すぐに応じて舌を伸ばした。いつもなら咲月が主導権を握るのだが、まるで悠貴が舌を差し込んでくるのを待っているかのようだ。舌の絡め方もおずおずといった感じだ。

気づけば肉棒が硬くなりはじめた。

「男の姿でやるのは私が初めてよね？」

「……そうかも」

咲月は頬にエクボを作った。今までの印象と百八十度違って見えた。

「優しくしてよね」

「……うん」

咲月は恥ずかしそうにベッドに横になった。悠貴のキャノン砲が最大高度で起き上がった。

悠貴もベッドに上がって、咲月の脚を開いた。

何もしていないのに秘部は濡れていて、風呂上がりのように陰毛がしっとりと肌に張りついていた。

開脚したことで、二枚貝がわずかに口を開いた。淡い桃色の花唇が生きたアワビのように蠢き、狭い膣穴がまるで呼吸をしているかのように口を開け閉めした。そのたびに蜜汁が溢れ出している。

「オマ×コ……とっても綺麗だ」

「うぅ……そんなこと言わないで」

顔を背けた咲月の頬は林檎のように赤かった。

悠貴はまた胸が締めつけられるのを感じた。子どもの頃からずっといっしょにいる幼馴染みなのに、いったい自分は咲月のなにを見ていたのだろう。知っているようで知らない顔に見えた。

（早く挿入したいけど、ここは紳士的にすべきだ……いつもの情けない自分じゃない顔を見せないと）

咲月の秘部を優しくタッチした。

「んあぁ！」

悠貴は女性器を舐めた経験はあったが、弄《いじ》ったのは初めてだと気づいた。指先が震えそうになりながらも、クリ包皮ごと摘まんでみた。そのまま中で佇《たたず》んでいる淫核を転がした。

咲月の喘ぎ声が次第に大きくなり、会陰が濡れ光っている。指にその蜜汁を掬《すく》い取りながら、包皮を剝き上げた。急所を軽く摘まんだだけで、咲月の背筋が反り返った。

「だめぇ……おかしくなっちゃう！」

「大丈夫だよ。僕に任せて」

上下に揺れる乳房を両手で揉み、尖る乳首をペロペロと舐め回した。

「んあぁ」

左右の乳首を交互に舐めつつも、淫核も責めていった。

三つの肉豆が大きくなりはじめると、咲月は忙《せわ》しなく腰をくねらせだした。

その反応を見た悠貴は愛撫にさらに力を込めた。

「あぁん、お腹の奥が……熱くなっちゃう」

「気持ちいい？」

「やめてぇ！」

「身体はそうは言ってないけど？」

セクハラオヤジみたいなことを言うと、いきなり頭を叩かれた。

（しまった！　僕が見せたかったのは男らしい一面だったのに！）

咲月は目をそらして、頬を赤く染めていた。

そして、ありえないほど淑やかな声でおねだりしてきた。

「咲月って呼んで……」

今まで咲月は姉のような存在だった。

（女として僕に見てもらいたいってこと？）

悠貴の身体は正直で咲月を欲《ほっ》してるのが明らかだった。屹立した肉棒の先端は涎のように先走り液が垂らしている。

何も言わず膣穴に指を挿入した。途中で指先に抵抗を感じた。

「くッ、痛い」

悠貴はその声で冷静さを取り戻した。

「ごめん」

愛撫を中断して、悠貴は身体を起こした。

咲月は乳房を手で隠している。

「……初めて……だから」

「え？　彼氏くらいいるんじゃないの？」

咲月は誰かと付き合っているに決まっていると思い込んでいたので驚いた。

「……好きでもない男子と付き合う女じゃないわ」

「で、で、でも……」

咲月の手コキやフェラチオはとても初めてとは思えなかった。

「悠貴のために必死に勉強したの」

意外な告白だった。咲月のことが急に愛《いと》しくなってくる。

悠貴はたまらず咲月の股間にむしゃぶりつき、小陰唇からクリトリスまで舐め上げた。

「あぁ……そんなところ……くひぃ」

「……咲月も僕のを舐めてくれたじゃないか」

初めて咲月の前で呼び捨てにした。

今は弟役ではなく、一人前の男として咲月と対峙しているのだ。

すると不思議なことに、咲月に対して素直な気持ちが言えるようになった。

「美味しいよ。オマ×コから出る汁がとても美味しい」

「やん……くひぃ……悠貴の舌が……あぁ、鼻がクリトリスに当たってる」

「匂いもすごくいいよ」

悠貴は犬のように股間を舐め回した。

薄桃色の媚肉を余すところなく愛撫し、蜜を一滴残らず飲み干そうとした。

「汚いわ……あぁ、悠貴が私のエッチなおつゆを舐めてる」

「汚くなんてないよ。咲月だって僕のを舐めてくれたじゃないか？」

逸物が痛いほど疼いている。

悠貴は淫核を重点的に舐めしゃぶった。

「あー、あう……」

咲月はシーツを握りしめ、身体を捩っている。

鼠径《そけい》部が浮かび上がり痙攣しはじめた。そろそろ絶頂に近いのだろう。

「僕が全部受け止めるから……」

「イク……悠貴の舌でイッちゃう！」

咲月の呻くと同時に膣壺が収縮し、奥から愛液が間欠泉のように噴出した。悠貴は蜜汁をすべて口で受け止めた。

3

「……あ、くそ」

悠貴は肉棒を摑み、咲月の股間に狙いを定めた。

しかし、興奮のあまり手が震え、肉棒が元気よく跳ねるので、うまく挿入できなかった。グズグズしていると、いつもの咲月なら怒鳴られそうだが、ずっと彼女は微笑んでいた。

「焦らなくていいんだよ？」

「……うん」

そう答えたものの、気がはやるばかりだった。

「悠貴の……なんか大きくなった気がする」

「そうかな？」

「最初見たときは、本当は驚いたんだから」

咲月から褒められて誇らしかった。

落ち着くと、亀頭の先端を膣穴に入れることができた。

「じゃ、入れるよ？」

「……うん。来て」

咲月はそっと目を閉じた。

（……咲月でも緊張しているんだ）

悠貴は上半身を倒して、咲月の唇に唇を重ねた。

軽くタッチするようなキスから、瞬く間に舌を絡めて貪《むさぼ》った。

「んあぁ、悠貴。いいよ。入れて」

咲月は悠貴にしがみついた。

その手がわずかに震えていた。悠貴は初めて咲月もまたか弱い女の子であることを知った。

「うん」

悠貴は肉槍の先端を突き出していく。

処女の膣口は確かに狭かったし、抵抗感もあった。緊張していて、身体に力が入っているからだろう。

「大丈夫だから……力を抜いてみて」

「……うん」

再びキスになり、互いの舌を吸い合った。

悠貴は乳房を優しく揉み、指先で乳首を転がした。

咲月の身体から次第に力が抜けていくのがわかった。

「んッ」

悠貴はゆっくりと亀頭を膣に挿入していった。

（すごい。まだ亀頭だけなのに、入り口がすごい締めつけだ）

これまでの誰よりも狭いかもしれない。すぐに処女膜を感じた。

（もう少し……咲月が落ち着いてから、一気に挿入するぞ）

そう思っていたところ、予想外の変化が起きた。

膣襞が蠢きはじめたかと思うと、入り口が雁首をカッチリと摑み、引き出せなくなったのだ。これだけでも焦るのに、肉襞が収縮運動を繰り返し、ペニスをもっと奥へと誘《いざな》っていった。

（すごい締めつけだ。こ、これじゃ、すぐに射精してしまう）

悠貴は懸命に抵抗しようと試みた。

「悠貴は本当に優しいね……ひと思いに貫いて……」

咲月は頷いて言った。

「行くよ」

抜けないなら、突き入れるだけだ。今までの反動とでも言うように、一気に腰を押し込んだ。

悠貴は背中を反らせて腰をしならせた。

（うぉぉ、どこまでも呑み込まれていく）

波打つように収縮する膣襞が肉槍を奥へ奥へと誘い込む。

瞬く間に男根の付け根まで埋没してしまった。

しかし、それでも物足りないのか、飽くことなく膣壺が蠢いている。

「……入ったね」

眉間に皺を寄せる咲月はかなり痛みがあるようだ。

しかし、無理に笑顔を作って悠貴を気遣っていた。

「大丈夫？」

「うん……思ったよりは痛くなかったから大丈夫だけど、もう少しこのままでいて」

悠貴は頷《うなず》いた。

咲月はシーツをぎゅっと握りしめている。

いたわるように彼女を優しく抱いた。

（痛みで強張《こわば》っているから、こんなに蠕動するんだろうか）

悠貴は咲月の女性器の神秘に驚愕した。

入り口で感じた締めつけ具合は、奥に行くほど強くなっていた。

（よくわからないけど……これはもしかして名器!?）

射精欲がどんどん高まっていく。

しかし、どうやら本人はそのことを意識していないようだ。咲月は呼吸を整えようと、深く息を吐いた。そのたびに膣壺が波打ち、悠貴の快感はうなぎ登りだ。

我慢しようとしても、腰が勝手に動いて、子宮口を軽くノックしてしまう。

気づくと、咲月の脚が腰に絡みついている。

「んおぉ！」

もう入らないと思っていた男根がさらに奥深く潜り込んだ。

太腿に力が入っているせいか、膣の括約筋が勢いよく収縮しだした。

（これじゃ、すぐに出ちゃうよ！）

悠貴は咲月の乳房を鷲摑みにして揉んで、乳首に吸いついた。

余裕がないので荒々しくなった。

「んん、いい。んあぁ」

突起を舌で転がし、唇で甘く嚙みしめた。

少しの力でも、彼女は全身で快感に変えてしまうようだった。それを証明するかのように、咲月の膣肉がいっそう肉棒を食い締めてくる。

「う……動くよ」

「いいよ……悠貴の好きなようにして」

悠貴の腰に絡みついている咲月の脚が少し緩んだ。

（優しく、優しく……あぁ、ダメだ）

悠貴は腰をゆっくり引いて、優しく押し込もうとした。

しかし、引くと雁首が膣襞に絡みつき、押し込むときは肉棒を誘い込むように波打ってくる。

（すごい快感だ！）

子宮口を叩き、その反動で腰を引いて、再び激しく注入する。

「あ、んあぁ！」

咲月が顎を上げた。白い喉が露になった。

悠貴はそこに吸いついた。彼女の喉が震えていた。

「オマ×コ……すごく気持ちいい……んあぁ」

「……悠貴のチ×ポも……すごく硬い。お腹を突かれているのがわかるもの」

「……もう我慢できないよ」

「いいよ。出して……」

彼女は悠貴の頭を抱《かか》えた。

悠貴はピストン運動のスピードをさらに上げた。

「あぁ、悠貴の……悠貴のが……あぁ、いい」

咲月は再び脚を悠貴の腰に絡めてきた。

快楽に身悶える自分を必死に抑えようと抱きついているのかもしれない。

(初めてなのにこんなに感じるなんて……さすがは咲月だ)

咲月に隠されていた天性の淫蕩さが目覚めたかのようだった。

「……悠貴って……こんなに男らしかったんだね……」

男冥利《みょうり》に尽きる言葉だった。

あの暴君だった彼女が、今では目の前で可愛く喘いでいる。

（こんなことになるなんて想像したこともなかった……）

咲月が愛おしくて愛おしくてたまらなかった。

（もっとじっくり味わいたいのに……もう限界だ）

射精したい衝動に抗えなくなった。

「出すぞ」

「ああ、いいわ。来て、来てぇ！」

ねじ込むように腰を打ちつけた。

膣内の蜜汁が肉棒に押し出され、悠貴の腹に飛び散った。

それと同時に、ついに射精が始まった。

濃厚な白濁液が子宮めがけて発射された。

「あひぃ！」

咲月が呼吸を止めたのか、膣襞の収縮に変化が生じた。激しい渦潮《うずしお》のように複雑に蠢きだしたのだ。

「あああ、気持ちいいい！」

あまりの快感に逸物が溶けてしまうようだった。

（あぁ、でも、こんな最高の射精と引き替えなら、どうなってもいい）

そう思ってしまうほどの快楽だった。

脳がオーバーヒートしたようで、視野は真っ白になり、周囲に極彩色の火花が飛び散った。

「すごい。すごい。まだ、出る！」

「くぅ、あぁ、私も感じてる！」

永遠にも続くと思った至福の時間だった。

悠貴にとっては長い時間に思えたが、実際には数分の出来事だろう。

しかし、悠貴はすべてを出しきった達成感があった。

悠貴は咲月の上に突っ伏した。

「はぁはぁ……ごめん、重いよね」

「ううん、いいよ。悠貴の重みを感じられるから」

数分間、二人の荒い息遣いだけが聞こえた。

「ねぇ、二人にはどんなセックスをしたの？」

「……うぅ」

悠貴は言葉を詰まらせた。
(やっぱり怒ってるんだな)
冷静になった悠貴は咲月の顔を覗き見た。
眉が垂れ下がり、目尻が薄桃色に染まっていた。
「……私にも同じことをしてほしいって言ったらはしたない?」
悠貴は咲月がたまらなく愛おしくなって、肉棒に力が戻ってくるのを感じた。

第六章　黄金ハーレム帝国

1

なんやかんだであっというまに水泳大会が終わった。

優勝こそできなかったが、大健闘といえるだろう。

そして、ついに水嶋スイミングクラブはその長い歴史の幕を閉じた。

それから二週間が経ち、悠貴はサッカー部に復帰していた。

「スタミナがついたし、なんかプレイも大胆になったな」

悠貴を見ていたキャプテンが唸った。本来なら先輩たちは引退するはずだったが、都大会を勝ち抜き全国大会への切符を手に入れていたのだ。

「悠貴も戦力になりそうだ。頼むぞ」

「はい！」

その言葉が嬉しかった。悠貴はそれなりに充実した日常を送っていた。

（でも……何か物足りない）

その理由はわかっていた。

（……女の子として見られていたのが気持ちよかったんだ）

男子に戻った悠貴は、自分が普通の生徒の一人にすぎないことに改めて気づかされた。しかし、女装して過ごした日々は人から注目される主人公だった。当然、スポットライトを浴びる人間の周りには魅力的な異性が集まることになる。

しかし、大会後はスイミングクラブのメンバーとは会っていなかった。

（……あれからすっかりご無沙汰だ）

たいした理由もなく肉棒が勃起しては悠貴を苦しめた。

夜になれば当然のことながら自慰をするのだが、彼女たちとのエッチを経験したあとでは、虚しさが募るばかりだった。

（女の格好をしたときにしか、牡の欲求が満たされないなんて……なんて呪いだよ）

学校では咲月に会うこともあった。

だが、なぜか無視された。それならと声をかけた。

「咲月！」

ようやくこちらに近づいてきた。

「学校で気安く呼ばないでくれる？」

しかし頭を叩かれた。

（理不尽なジャイアンに戻っている）

悠貴が見た可憐な美少女は、幻だったのだろうか。あれ以来、咲月のほうで壁を作っているように感じて、どうにも近寄りがたかった。

世里香や琴子はどうかというと、悠貴がメールを送っても返信がなかった。

（いったいなんなんだ！　期間限定の関係だったのかよ）

悠貴はサッカーに没頭するしかなかった。

そんな悶々とした日々を送っていると、咲月から一通のメールが届いた。

『明日、打ち上げをするから来なさい』

文面にはイラッとしたが、悠貴は期待せずにはいられなかった。

そして、土曜日になり、指定された世里香の家に向かった。

別荘を持っていたから薄々予想していたが、世里香の家は大邸宅だった。若い家政婦もいるようで、何畳あるのかわからない広いダイニングでは、見たこともない料理やスイーツが出てきて、どれも美味しかった。

しかし、男子の恰好《かっこう》をした悠貴と女子三人の間には見えない壁があるのか、話がまったく弾まなかった。

（……元々、そこまで共通の話題があったわけじゃないし……みんなとエッチしたと言っても偶然だったわけで……もしかして、好かれているわけじゃないのか？）

悠貴は自分がお情けで招待されただけのような気がしてきた。

（でも、三人の処女は僕がもらったわけだし……絶対に忘れられない男になったと思うんだけど……）

しかし、それが彼女たちにしてみれば、忘れたい記憶の可能性もある。

やがてホストの世里香が近づいてきた。

「楽しんでいますか？」

「……う、うん」

「男の子になると、こんな感じなんですね」

世里香の表情からは感情が読めなかった。

「……どんな感じ？」

「正直、冴えない感じです」

微笑みながら、辛辣《しんらつ》なことを言ってくれる。

(やっぱり僕に処女を捧げたことをなかったことにしたいんだ)

パーティが終わると、みんなで世里香の部屋に移動した。

部屋に入ったとたん、三人がいっせいに悠貴をじっと見た。

咲月が代表して悠貴に話しかけてきたが、視線が泳いでいる。

「悠貴、ありがとう。あんたが協力してくれたおかげで、いい思い出になったわ」

「本当ですよ。悠貴さんは私の憧れのスイマーでしたので、いっしょに泳げて楽しかったですし……」

世里香が言うと、琴子もそれに続いた。

「私も男性恐怖症を克服できましたし」

琴子は見違えて堂々とした態度だった。

(ああ、よかった。僕は感謝されているんだ)

悠貴はようやく安堵できた。

すると、男とは現金なもので、安心したとたん、股間が熱くなってきた。

「三人で話し合ったの……」

咲月が思いきったように切り出してきた。

「何を？」

「あんたを……悠貴をどうするかって？」

「私は悠貴くんは、やっぱりユキちゃんに戻るべきだと主張しました」

世里香が挙手して言った。琴子も続いた。

「あなたにはマゾの素質があるから、立派な女装マゾ男に育てるべきだと思います」

「え？　どういうこと⁉」

「つまりこの二週間、三人で相談してたんだけど、みんなの意見が割れたのよ」

咲月は渋い顔をした。

「ちょっと待って。僕の意思は？」

「そんなもん、あるわけないでしょ？」

「ひどい」

悠貴は文句を言ったが、誰も聞いていなかった。

「女装して私たちの裸を見ていた人のことを何と呼べばいいでしょうか？」

「痴漢ですね。この人には女性が尊い存在だということを、ちゃんと躾けないといけないわ」

世里香と琴子が立てつづけに糾弾《きゅうだん》してきた。

「そんなこんなで、三人の意見を擦り合わせた結果、悠貴にはまた女装をしてもらうことにしたのよ」

「なんでだよ!? そんなのおかしいよ！」

「でも、あんたは満更でもなかったわよね？」

咲月は軽蔑の眼差しで見つめてきた。

「……」

すると世里香が何やら紙袋を持ってきた。

琴子がそれを開けると、そこには女子の制服が入っていた。どこの学校かわからないが、セーラー服で胸元に悠貴の名前が刺繍されていた。ついでに下着も用意されていた。フリルがついた純白の代物である。

「ここからは、あんたが決めなさい」

咲月が睨んできた。

「え？ どういうこと？」

「女装して私たち共有のペットになるか、男子として元の生活に戻るか」

咲月が真剣に悠貴を見つめている。

いつものように有無を言わせぬ命令ではなく、悠貴の決断に委ねているようなので調子が狂ってしまう。

（咲月はどっちを期待しているんだ……）

悠貴の中で心は決まっていた。咲月が本命だった。

（咲月をもう一度抱きたい）

彼女を見ると目が潤んで頬が紅潮していた。

（それなら……選ぶのは一つだけだ）

悠貴は服を脱いだ。

それを見た世里香は拍手し、琴子は嬉しそうに嬌声をあげた。しかし、二人とは対照的に咲月は腕組みをして溜め息をついた。

（あれ？　選択を間違えた？　咲月は僕を女装させるのが好きなはずだが……）

だが、時すでに遅しで、世里香と琴子にたちまち着替えさせられてしまった。咲月が薄化粧をしながら話しかけてきた。

「悠貴が決めたことなら、私は何でも受け入れるわ」

瞬く間に悠貴は美少女に変身した。

（そう言えば、咲月の希望は聞いてないぞ!?）

2

「もう大きくしていますね」

セーラー服を着た悠貴は世里香に後ろから抱き締められ、股間を触られていた。

「あれから勉強したの」

琴子が近づいてきた。

いつの間にか手には定規があった。

「世里香さん、ちょっと押さえてて」

「ええ、わかりました」

琴子が定規で悠貴の股間を叩いた。スカートとパンティ越しとはいえ、鋭い痛みが走った。

「んんぐぅ！」

「感じてるの？」

琴子がさらに定規で鞭の雨を降らせた。

「んぐ、んんん！」

悠貴は腰を振り乱した。逃げたかったが世里香に羽交《はが》い締めにされたままだった。

「男の子って、わかりやすい急所がありますものね。いっそ女の子になりませんか？」

「……どういうこと？」

口応えをすると、琴子が定規を振りかざした。

それを世里香が留めさせて、スカートを捲り上げた。パンティからは亀頭がひょっこり顔を覗かせていた。

そしてパンティ越しに肉竿をこすりだした。

「あんなに虐められたのに、こんなに感じてるだなんて」

パンティの前面が湿っていて、裏筋が透けて見えていた。そこを弄《いじ》ったあと、汚れた指を悠貴の口元に運んだ。

生臭いカウパー氏腺液に悠貴は顔を背けた。

しかし、世里香が信じられないことを言った。

「女の子になるなら、男の子から出るものを嫌がってはダメ」

「そ、そんな！　嫌なものは嫌だよ」

「言葉遣い！」

悠貴が男言葉を使うと、間髪入れずに琴子が亀頭を打ってくる。

先ほどよりも鋭い痛みだった。打たれたあと、時間差で亀頭が焼けるような感覚に襲われた。思わず口を開けると、世里香がすかさず指を差し入れた。

何とも言えない変な味がした。

「うぅ……」

悠貴は情けない声をあげた。

咲月に助けを求めたが、彼女は少し距離を置いて傍観者に徹していた。しかも、不機嫌なのか顔を背けた。

「ちゃんと指を吸ってください」

「んんん」

「そうそう……上手《じょうず》ですよ」

悠貴は琴子の指を舐めた。途中からピストン運動で口腔内を責められた。

(うぅ……チ×ポをフェラチオしているみたいだ)

そんな連想が頭によぎった。

思わず吐き出そうとしたとき、世里香がパンティから男根を引っ張り出し、擦りはじめた。

ジンジンと疼く肉竿を優しく擦られた。それが何とも心地よく、悠貴は倒錯的な気分になりながら彼女の指に舌を絡めた。

「もー、世里香さんは、そうやって甘やかすぅ！」

琴子が不平を口にした。

「だって、ユキちゃんって可愛いじゃない？」

「うーん。オカマちゃんにしか見えませんが」

琴子は侮蔑《ぶべつ》しながら、悠貴の前にひざまずいた。

屹立した肉槍を口に含んだかと思うと、いきなり強烈なバキュームフェラを開始した。

（うごおお！　チ×ポが吸い取られてしまいそうだ）

琴子のフェラチオテクニックは素晴らしかった。悠貴は性感帯を容赦なく責められたうえに、最初からフルスロットルで精を絞りとることに専念しているのだからたまらない。

「んぐぅ！　イクッ！」

三人の美少女が見守る中で、悠貴は簡単に絶頂に達した。

白い樹液を琴子の口に放ったのだ。

吐き出すタイミングに合わせて琴子は強く吸った。そのため白濁液がいつもより早く尿道を駆け抜け、腰から崩れ落ちそうな強烈なオーガズムに襲われる。

しかし、いつのまにか琴子の顔が目の前にあった。

彼女の唇が悠貴の唇に押しつけられた。

「ん!?」

悠貴は目を見開いた。

舌を挿入されると同時に精液を口の中に注ぎ込まれた。先走り液の比ではなかった。ドロリとした生臭い牡のミルクの味に苦悶した。吐き出したくても、口でしっかりと塞《ふさ》がれている。

「琴子ちゃんってスパルタ式なのね」

世里香がセーラー服の裾から手を差し入れ、悠貴の乳首を摘まんだ。

(うう、乳首が感じてしまう……)

乳首を責められる快感に身を任せ、悠貴は白濁液を嚥下《えんげ》していった。

喉に絡みつく感覚と、自分の出した精液という禁忌のイメージが悠貴を苦しめた。

しかし、すぐに肉棒が性懲りもなく立ち上がりだした。

「乳首で感じてます?　それとも?」

世里香は悠貴の耳朶を甘噛みしたあと、キスをしてきた。

そして、悠貴の口の中にある精液を舌で掻き混ぜた。

「んんん」

悠貴は白濁液を彼女に託そうとしたが、世里香は拒むように舌で押し返した。

そのとき世里香の甘い唾液も大量に送り込まれ、樹液の濃度が薄まった。

「なに先輩に押しつけようとしてるの？」

琴子は悠貴の不正に気づいたようで、定規を逸物に這わせた。

(打たないで！)

懸命に目で訴えた。

剝き出しのペニスをダイレクトに打たれたら、どれほどのダメージをくらうか想像するだけで恐ろしい。悠貴の恐怖心を感じ取ったのか、琴子は軽く陰嚢を叩いた。

悠貴は精液を飲み干して見せるのが精一杯だった。

「やればできるじゃない」

琴子は定規を置いた。後ろにいた世里香が身体から離れた。

悠貴は安堵した。しかし、それは甘かった。

「三人で話し合ったって言ったでしょ？」

「……うん」

悠貴は頷いた。

「私と琴子ちゃんの意見は近かったんですよ」

「……どういうこと?」

嫌な予感がした。

そして、それが現実のものとなった。世里香が机の上から禍々《まがまが》しい玩具を持ってきた。

それはどう見ても男根を模った大人のオモチャだった。半透明の紫色のボディには螺旋《らせん》状の凹凸があり、中にはパチンコ玉が入っていた。

(……なんで中学生がこんなものを)

悠貴の考えを読んだかのように、世里香が答えた。

「琴子ちゃんと選んで通販で買ったんです」

「……なんでそんなものを?」

「ユキちゃんに使うからじゃないですか?」

彼女はバイブを頬にあてて、小首を傾《かし》げた。

「はい。じゃ、舐めて濡らしてください」

悠貴はそれを手渡された。バイブの重さや大きさは悠貴の逸物を遥かに上回っていた。

「い、いやだ！」

琴子は陰嚢を鷲掴みにした。

鋭い痛みを前にして、抵抗することもままならなかった。

（下手《へた》に暴れたら、潰れちゃうかも……）

しかも、背後から世里香が再び忍び寄ってきて、尻の谷間に触れてきたかと思うと、唾液で濡れた指で肛門をノックした。

次の瞬間、なんと指が尻の穴に侵入してきた。抵抗感なくズブズブと入っていく。

「んあぁ！」

「ユキちゃんは穴が一つしかないですから、ここで処女を喪失しましょうね」

細い指をくの字に曲げたり伸ばしたりしながら世里香が囁いた。

「ど……どうして？」

「私たち三人の処女を奪ったんだから、当然じゃない」

琴子が睾丸を握る力を強めて言った。

（自分から馬乗りになって処女を喪失したんじゃないか……）

そう思っても口にできなかった。

「バイブを舐めたくないから、そのままねじ込みますよ？」

「きっとすごく痛いだろうけど、処女喪失をリアルに体験できるかも」

悠貴は咲月を目で探した。

ソファに座って成り行きを眺めているだけだった。

「助けて」

「自分で選択したことでしょ？」

取りつく島もない返答だった。

(僕が二人と浮気したから、きっと怒っているんだ！　でも、この前は……)

咲月は二人から悠貴を取り戻すためにセックスしたというのは錯覚だったのか。咲月はそっぽを向いて助けてくれそうになかった。

悠貴は観念してバイブを舐めはじめた。

その瞬間、世里香と琴子から歓声があがった。

「やだー、この人、本当に舐めてる」

「ユキちゃん、もっと美味しそうに舐めてください」

世里香が肛門責めに緩急をつけてきた。

直腸粘膜を弄られるたびに、未知の快感が湧き上がってきた。

「お尻が……」

悠貴はバイブの肉竿部分を舐めたり、亀頭を咥えてみた。大きすぎて、顎が外れそうだった。顎から唾液が垂れて、セーラー服を汚すのもわかった。

彼女たちのフェラチオを真似たのだが、琴子にはそれが滑稽に見えたようだ。

「やだ、男なのにペニスにむしゃぶりついてる」

「んんん」

屈辱のあまり口を離そうとすると、急所を握りしめられてしまい、悠貴は慌ててバイブを舐めつづけた。

「ギンギンにチ×ポを勃起させて、バイブを舐めてるって変態のすることね」

「女装して水泳大会に参加するくらいですから、女の子になりたいんですよね？」

琴子や世里香から言われ放題だった。

(悔しいのに……恥ずかしいのに……うぅ、感じてしまう)

この感覚は初めて女装をして人に見られたのと同じ高揚感があった。

(僕は本当に……変態で……女の子になりたいの？)

新たな扉が開くことへの恐怖があった。

しかし、恐怖以外の感情もあった。悠貴は丹念にバイブを舐めしゃぶっていると期待している自分も気づいていた

（これがお尻に……入るの。怖い……だけど、あぁ、世里香の指がこんな気持ちいいなんて……）

アナルを責め嬲られ、快楽が天井知らずに高まっていく。

先走り液を琴子が掬い取り、バイブに塗《まぶ》してくる。悠貴はそれを舐め取った。命じられる前に少女の手の汚れも舐めとった。

（僕はやっぱりマゾなんだろうか……）

悠貴は痛痒い尿道に悶えながら、そんなことを自問自答するたびに、次第に認める気持ちが強くなっていった。

「そろそろいいですね」

世里香が指を抜いた。ヌプッと卑猥な音が響いた。

「あん」

菊門が物欲しげに蠢いている。

悠貴の前に指が差し出された。先ほどまで自分の直腸に入っていた指だった。

「綺麗にしてくださいね」

「……はい」

悠貴はその指を恭《うやうや》しく舐めしゃぶった。

3

「どんな体位がいいですか？」

琴子が悠貴の首を舐めながら、尻穴を優しく愛撫した。

「……後ろから」

「あら、私たちに顔を見せたくないってこと？」

琴子は悠貴の肉棒をしごく手に力を込めた。

「後ろからで、いいじゃないですか？」

「先輩は甘いです」

「そう？　私は駅弁ファックで、琴子ちゃんが騎乗位。咲月ちゃんは正常位だったから、ユキちゃんはワンワンスタイルでいいじゃないかしら？」

「そう言われるとペットに相応《ふさわ》しい恰好《かっこう》に思えてきた」

琴子が頷き、悠貴の亀頭を指で弾いた。

「そこの机に手をついてください」

「え？」

驚きの声をあげたのは咲月だった。

なぜなら、咲月が座っているソファの前にある机を指したからだ。高級そうな木製の机だった。その向こうで咲月の顔はあきらかに動揺していた。

「早く手をついてください」

「……はい」

机に手をつくと咲月と目が合った。

悠貴はなぜかセーラー服を着ている自分が惨めに思えた。そんな悠貴の気持ちにおかまいなしに、世里香が咲月を呼んだ。いつのまにか、ちゃん付けだった。

以前とはパワーバランスが変わったのだろうか。

「咲月ちゃんはいいの？」

「二人で好きにしたらいいわ」

「本当？　また、先にもらっちゃいますよ？」

琴子と世里香の言い方はどうも気を遣っているように見えた。

（……僕にも、気遣いしてほしいのに……本当にお尻でやる気なんだろうか？）

世里香はわざとらしく言いながら、悠貴の尻穴を探った。

「お尻の穴がまだほぐれてないですねぇ」

「こんな太いの入れたら裂けるかもしれないけど、初めてが痛いのは女の子なら当然だからいいじゃない？」

世里香と琴子が阿吽《あうん》の呼吸で、悠貴のアヌスとペニスを嬲ってくる。

「私が……解《ほぐ》してあげるわ」

咲月が急に立ち上がった。

待ち構えていたように、世里香と琴子は悠貴を両側から持ち上げた。机に乗せると、股を大きく開かせた。

勃起したペニスが天井に向かって勃起して揺らめいた。

二人はお尻をさらに咲月のほうに突き出すように押し出した。無防備にアヌスが晒された。排泄器官がヒクヒクと蠢き、玩弄されたあとで少しおちょぼ口になっていた。

「舌で柔らかくしてあげてくださいね」

「……わかってるわよ」

少し時間をおいて、咲月が床に膝をついた。

尻朶を摑むとグイッと押し開き、顔を近づけた。

そのまま舌を菊門に這わせた。ねっとりとした舌が焦らすように動きだした。

「んんなぁ！」

「なに感じているのよ！」

「だって、咲月の舌が……僕のお尻にぃ……あくぅ」

「我慢しなさいよ！」

咲月は文句を言いながらも、舌の動きは逆に激しくなっていった。

菊皺の一本一本を丁寧に伸ばすように舌を押しつけ、ゆっくりと筋肉を解していく。それが悠貴にはどうしようもなく心地よく、会陰の底が疼いて仕方ない。

頃合いを見計らっていた咲月が舌の先端を尖らせ、菊門を割ってきた。

「んんん！　入ってくるぅ」

「うわー、お尻の穴に舌を入れてるの？」

「お尻も感じるらしいですよ。ほら、あんなにカウパー氏線液を垂らしてますもの」

世里香と琴子は、まるで世間話をするように笑い合った。

「うーん、でも、私は舐めるのは無理」

琴子はペニスを指で弾いた。バウンドしてまた戻ってきたところを何度も弾かれた。

「んぐぅ！」

痛みを感じるたびに肛門括約筋を締めてしまう。

それでも咲月は激しく舌を出し入れしていた。だが、悠貴の股間から少女たちを恨めしげに睨んでいた。

「舐めるのは無理だけど、舐めさせるのはよかったよ」

琴子が机に乗ってパンティを脱ぐと、お尻を悠貴の顔に押しつけてきた。

息ができなかったが、琴子の意図を理解している以上、無視するわけにもいかず、悠貴は舌を伸ばして舐《ねぶ》りはじめた。

「くすぐったい」

「んちゅ、んんん」

「よくウンチが出る穴を舐められるわね」

女王さまのような口調で悠貴をからかった。

その言葉は同時に咲月にも投げかけられたようで、少し動揺しているようだった。

「あぁん、イイ……お尻も感じるわ」

「もっと感じましょう」

世里香は琴子の服を捲り上げて、巨乳を曝《さら》け出すと吸いついた。さらに、パンティを脱いで、琴子の股間に自分の股間を擦りつけだした。

(レズプレイ!?)

悠貴は目の前で行われる二人のエッチをもっとよく見たくてたまらなかった。

しかし、すぐそばで花唇が重なりあう卑しい音だけで興奮した。

「あぁ、世里香さん……すごい」

「女の子同士だから急所もわかりますからね」

「くぅ、女の子同士なんて初めて……」

「私はずっとみんなとこういう百合っぽいことをしたかったですよ」

世里香が大胆な告白をする。

「あくぅん……これもいいけど、私はやっぱり男の子を傅《かしず》かせたい」

琴子は自分の願望を口にした。

二人の告白を聞きながら、咲月のアヌス責めはいっそう激しくなった。二人に負けじと反応したというよりも、何かに焦っているように思えた。その証拠に舌の動きが乱雑だった。

(咲月は……僕にどんな願望があったんだろう?……三人で話し合ったって)

咲月の願いが気になったが、世里香と琴子の会話に気を取られた。

「この人を女性を崇める奴隷に躾けたいけど、世里香さんはどうして女装させるの？」

「私は悠貴くんに憧れて水泳を始めたの」

「……それなら、男の子のほうがいいんじゃない？」

「私には許嫁《フィアンセ》がいるんです」

さらなる告白に全員が驚いた。ただし、それに反応できるのは琴子だけだった。

「えー、初耳！」

「だって初めて言いましたからね」

咲月も聞き耳を立てている。

「だから、どれだけ憧れても恋人にはなれないのです。でも、親友にはなれますし、こうやって同性ならではの愛情表現ならＯＫかなと」

「えっと、つまり？」

「私の願いは、悠貴くんがユキちゃんに本当になってくれることです。ですから、彼が私を選んでくれたら、性転換の費用も持ちますし、うちの学校への転校もお爺様にお願いするつもりです」

「えー、じゃあ、これはどうなるの？」

琴子が悠貴のペニスを叩いて言った。

「私はなくてもかまいません」

「んんんん！」

「んんんぁぁ！」

悠貴と咲月が同時に呻き声をあげた。

「ちゃんと女の子としての人生を保証しますので」

涼しい声で世里香が答えた。

（どういうこと？　まさか、本気で性転換させるつもりなのか？）

琴子の告白に悠貴は血が凍るような思いがした。すぐにでも逃げ出したかった。

しかし、琴子は尻をさらに押しつけてきて、悠貴をマゾにすると意気込んでいる。

（マゾなんて……冗談じゃない）

そう否定しながらも悠貴は恭しく彼女の直腸に舌を懸命に出し入れさせた。その姿はまさに女王さまに奉仕する奴隷そのものだろう。

（咲月とは違うタイプの……女王さまになりそうだ）

惨めなのに感じてしまい、肉棒もそれに呼応して腹を打つほど跳ねている。その先端を容赦なく指で弾かれた。

「そんなにイジメたら可哀想ですよ」

世里香がたしなめるように言った。

悠貴からは見えないが、彼女は琴子とレズプレイに熱中しているようだ。言葉とは裏腹に、世里香が琴子を感じさせればさせるほど、悠貴を虐める手が激しくなることを知っていてやっているように思えた。

世里香が悠貴のペニスを摑んできて優しく撫でた。

「男の子ってここに支配されちゃうんですから惨めな生き物ですよね」

「んんん！」

悠貴は身体をぴくんと反応させた。

しかし、世里香はさわさわと触れるだけで、射精させようとは思っていないようだった。

(蛇の生殺しじゃないか!?)

裏筋を世里香の手のひらに擦りつけるが、力加減を調整されてしまい、もどかしい刺激しか戻ってこなかった。

「女の子になったら、こんなものにいちいち惑わされなくなりますよ。十五歳くらいまでに性転換したら、女性と見分けがつかないように成長するみたいですし」

「んぐんんぐぅ！」

悠貴は会陰の奥に溜まった官能の炎に悶えながら琴子に怯えた。

（この子が一番やばい！）

しかし、世里香に抗《あらが》えないのも事実だった。彼女は悠貴の性感帯を完全に把握しているし、なにより人を手のひらで転がすのに長《た》けていた。

彼女が射精に導いてくれれば、最高の射精を味わうことができるだろう。

（あぁ、もう……誰か助けてぇ！）

悠貴は射精のことしか考えられなくなった。身悶えれば身悶えるほど、アヌスの疼きが高まった。

（お尻の穴が……あぁ、気持ちよすぎる！）

咲月の肛門への愛撫は、悠貴の脳をバターのように蕩けさせそうだった。

怖いほど先走り液が溢れている。

咲月がその粘液を舐め取りアヌスに塗りたくった。さらに滑りがよくなると同時に快楽も増していった。

「んなぁ、んあ！　んぐぅ！」

「みなさん、ストップです」

世里香が突然そう言った。勢いあまった悠貴のペニスだけが蠢いていた。

咲月はヌポンと音を立てて、尻穴から舌を抜いた。

「もしかして、準備完了？」

「どうですか？」

世里香が咲月に尋ねた。

少しの沈黙のあと、咲月の吐き捨てるような声が聞こえた。

「できたと思うわ」

4

「誰に後ろの処女を奪ってもらいたいですか？」

世里香はそう言って自分たちを指さした。

そっぽを向いていている咲月。腕組みをして自信満々の琴子。そして、人懐っこい笑みを浮かべている世里香。

（僕は……バイブで……お尻を犯されるってこと？）

あのバイブの重みが恐ろしかった。だが、弛緩しきった菊蕾が物欲しげに収縮しているのは事実だった。

「私がするわ！」

咲月がバイブを奪い取った。

「咲月ちゃんは悠貴くんが男の子のままがいいんでしょ？」

世里香の言葉に悠貴は驚いた。咲月は動揺している。

「それはそうだけど、あんたは悠貴の童貞を奪ったりしてるじゃない」

「早い者勝ちです。それにチャンスが一番多かったのは咲月ちゃんですよ」

世里香は余裕の態度だった。

「そうですよ！　今日、彼が女装を選ばなかったら、咲月さんの一人勝ちだったんですから」

（え、え？　咲月はもしかして、僕が女装を拒否していたら……）

悠貴は咲月の顔を見た。

悔しがっているようにも、怒っているようにも見えた。

「悠貴が選びなさいよ」

「え？　あぁ、ああ」

「誰に女にされたいの？」

世里香と同じことを咲月が言った。

「あぁ……」

悠貴は三人の美少女を見た。

一カ月くらいの付き合いだったが濃密な時間を過ごした。たくさんの思い出が駆け巡った。

（童貞を喪失してから……僕はすごい体験をしてきたんだ）

女装していたらこれからも続きそうな予感があった。

しかし、どうしても頭から離れない光景があった。

（……あのとき……咲月は可愛かった）

悠貴の脳にインプットされた強烈な記憶の少女は、自分の胸を抱いて顔を少し背け、頬を染めながら股を開いていた。

「僕は！」

「僕は？」

三人の少女が期待に満ちた視線で悠貴を見た。

「咲月を女にしたい！」

「はぁ？」

咲月が驚きの声をあげた。

「なんで？　だって、そんな反応なの？」

「え？　だって、あんた女の子になりたいんじゃないの？」

「違うよ！　僕は……咲月の男になりたいんだ！」

「もしかして、私のことが好きなの？」

「……そう言ってんだよ」

悠貴は全身がカッと火照ったが、咲月のほうが真っ赤だったかもしれない。

「や、やめてよ……みんなの前で」

咲月はあきらかに戸惑っていたが、その表情は嬉しそうだった。初めて見る咲月の笑顔だった。

悠貴はバイブを投げ捨てて、咲月を抱き締めた。

「え、ええ……ウソでしょ」

「なんで嘘なのさ」

「だって、悠貴をずっと虐《しいた》げてきたのよ？」

「不器用な愛情表現だったんだよ」

悠貴は咲月にキスをした。舌を入れるとおずおずと絡めてきた。

それを見ていた世里香と琴子は、やれやれと言いたげに顔を見合わせた。

「本当に手の焼ける先輩です」

「大切なところで奥手だったなんて意外でした」

世里香と琴子が笑った。

もしかして、二人は咲月の背中を押したのかもしれない。

「では、お邪魔虫は退散したほうがいいのかな？」

琴子が気を利かせて、世里香も頷いた。

「二人だけで愛の巣をって……わけにはいきませんよ」

「そうそう。ここまで私たちを巻き込んだんですから、このまま見学させてください」

「見るだけじゃなくて、私は咲月さんともっと親密になりたいので、混ぜてください」

飛びついてきた世里香が咲月の乳房を愛撫しはじめた。

「んあぁ……あんんん」

「咲月さんは性に関しては意外と保守的ですよね？」

「だって、女の子同士で……」

乳房を揉まれながら、片方の乳房は唇で引っ張られて変形した。音を響かせて、世里香の唇から乳首が離れると、乳房が揺れた。世里香は間髪入れずにそこを揉み、交互に乳首を吸った。

「女の子のほうが互いの急所がわかりますよ」

世里香は咲月の膣に指を入れ、ピストン運動を開始した。最初はゆっくりとしたリズムだったが、次第にピッチを上がっていく。膣汁が溢れ出し、乳首も尖りはじめた。

しかも、世里香は膣内の特定の箇所を狙って責めしているようだった。

「んあぁ、あひぃん……あぁ、来るぅ」

「効くでしょ?」

みるみる咲月が乱れだした。

立っていられず机に倒れ込み、宙に脚を伸ばし爪先まで突っ張っている。

「あくぅ……どうして、こんなに感じるの?　あぁ、いい」

「Gスポットは急所中の急所ですよ」

世里香は悠貴の手を取り、指を並べて咲月の膣内に挿入させた。

「二人の指がぁぁぁ」

咲月は顔を振り乱すと、黒髪が机の縁から落ちて波打った。

「わかりますか？　少しコリコリするところがあるでしょう？」

世里香の指先が場所を伝えてくる。

ヌメヌメした膣肉の中で一カ所だけ微妙に違う感触があった。

「これが……Gスポット!?」

「ええ、女がいちばん感じるポイントです」

世里香は指を抜いて、悠貴に場所を譲った。

悠貴は慎重にGスポットをノックした。強く押したほうがいいのか、それともシコリの周囲に沿って回転させたほうがいいのか、いろいろと試行錯誤した。

「んくぅ！　あぁ、いぃー。それぇ！」

どうやらシコリの頭を摩擦すると最高に感じるようだ。

悠貴は指の腹にバイブレーションを加えた。

「ここがいいの？」

「んあぁ、いい。それいいぃ！　イクゥ！」

膣内がぎゅっと収縮したかと思うと、一気に弛緩して潮が噴き出した。

「すごい……洪水みたいに愛液が溢れてる……」

琴子が驚くほどの湧出《ゆうしゅつ》量だった。

あまりの絶頂の極め方に咲月は半狂乱だった。

悠貴もフリーズするほどだった。だが、世里香が肩を叩いてきた。

「今度は、オチ×チンで同じことをしたらイイと思いますわ」

「それでは咲月さんはユキちゃんが犯されたいと言ったワンワンスタイルになりましょうね」

世里香は手際よく、咲月の身体を半回転させた。

長い脚ががくがく痙攣している。立っているのがやっとのようだ。だが、咲月の膣穴は物欲しげに口を開口していた。

「もう我慢できない」

悠貴は咲月の腰を摑み、一気に肉棒を押し込んだ。

Gスポットの場所を把握したばかりだというのに、膣壺の奥を力任せに何度も叩いた。

「あぁ、悠貴のが当たってる。子宮が潰れるぅ！」

咲月の膣肉が磯巾着《いそぎんちゃく》のように男根に絡みつく。

裏筋の性感帯が刺激すぎて、身体が一気に火照った。さらなる快楽を貪るために激しく腰を打ち据えた。

部屋には肉がぶつかり合う音が響いた。

突くたびに咲月が前のめりになった。

「やだ。すごい」

琴子が呟いた。自然と彼女は自分の股間に触れていた。

「知らないんですか？　ユキちゃんは意外と男っぽいですよ。初体験の私を抱《かか》え上げてセックスするくらいなんですから？」

「私は馬乗りでやったから……こんなにすごいなんて思わなかった」

琴子が生唾を飲む音が聞こえた。

（もしかしたら……彼女も変わるかも）

男が偉いとか女が偉いとかいうくだらない考えから、琴子も解放されるかもしれないと思った。しかし、悠貴の希望は早々に打ち砕かれた。彼女は悠貴が捨てたバイブを拾ってきた。

「私も……やってみたい」

バイブを悠貴の肛門に押し当てたかと思うと、一気に押し込んできた。

「んぁあああああ！」

肛門を引き裂かれるような衝撃に悠貴は吠えた。

胃が圧迫され息苦しかった。それなのに、目の前で火花が散った。

「すごい、お尻にも入るんだ」

「抜いて……抜いてくれ」

悠貴は必死に訴えたが、琴子はバイブのスイッチを入れた。羽音とともにバイブがくねりだした。アヌスが焼けるように熱くなり、悠貴は少しでも逃げようと咲月との結合部を押した。

「せっかく世里香さんにGスポットを習ったんだから、咲月さんを感じさせなさい」

琴子に世里香が近づくと、彼女の割れ目に指を挿し込んでGスポットを弄りだす。

Gスポットの場所を確認した琴子は、バイブを引いて、悠貴の腰を誘導した。

「んぐぅ」

「この辺かしら？」

そして、咲月のGスポット部分に雁首が押し当たるように、数センチ単位のピストンを強要した。とろ火で快楽を炙られるようだった。快楽の天井に到達できそうでできずに焦れったくて、もどかしかったが、琴子に逆らうことはできない。

「一定のリズムで責められたほうが、女の子は快楽が高まるのよ」

琴子の指摘は本当だった。

単調な責めだと思っていたが、咲月が半狂乱になるほど乱れはじめた。内部の変化も際立っていて、膣肉がブルブルと波打った。

「あぁ、また……感じる。あぁ、イクゥ！」

「くぅ、僕も……イキそう！」

悠貴も上半身を左右に捩った。

「どっちが感じるんですか？」

「チ×ポも……アナルも……どっちもいい！　あぁ、イク。イクゥ！」

思いきり挿入したかったが、琴子に操られるままに、咲月の膣の中腹で精を放出してしまった。その瞬間、尻の括約筋も収縮しバイブを食い締めた。

（うごおおお！　どっちもすごすぎるぅ！）

前後から倒錯的な快楽が襲ってきた。あまりの刺激に脳がシャットダウンしてしまいそうだ。

悠貴は咲月の背中に倒れ込んだ。

「あぁ、咲月……僕」

「悠貴……あんた。私の男になりなさいよ」

咲月が消え入りそうな声で言った。

それに悠貴が返事をする前に、少女たちが遮《さえぎ》った。

「抜け駆けは禁止ですよ！」

「そうです。この人には女装奴隷になるマゾの素質があるんですから」

「いいえ、去勢して女の子として生きていくほうが、ユキちゃんの幸せです」

「女の人にかしずくほうが似合ってる！」

「いいえ、ここは私も強く主張させていただきますが、男の子の気持ちもわかって、さらに女の子の身体だなんて最高じゃないですか！　一生私の親友になってもらいます！」

その二人の言い分に、咲月が声をあげた。

「二人とも勝手なこと言うんじゃないわ！　悠貴は私のものって生まれたときから決まっているの！」

「横暴です。私が彼の童貞をもらったんですよ」

「私は後ろの処女を奪いました」

「私のものなのに……二人ともずるいわ！」

咲月が泣きながら悠貴を睨んだ。

「私の後ろの処女は、誰よりも最初に奪いなさい！」

「いえいえ、ここは前も後ろも私が最初に！」

「違うわ。私のアヌスをクンニしたのが初めてなんだから、私が最初よ」

少女たちがワイワイ騒いでいる。

悠貴もさすがに堪忍袋の緒が切れた。

「君たち、勝手すぎるよ！　僕の意見も尊重しろ！」

室内に静寂が訪れた。

三人の美少女が期待に満ちた目で悠貴を見た。

彼女たちはそれぞれの希望は悠貴に伝えている。悠貴も未来を想像してみた。

ゾクゾクした。

「とりあえず、三人とも尻を並べろ！」

悠貴はセーラー服を脱ぎ、誰のアヌスから犯そうかと考えた。

肉棒が痛いほど勃起していた。

（……僕はこれからどうなってしまうんだ？　変態？　ま、それもいいか？）

悠貴はひとりほくそ笑んだ。

◉新人作品**大募集**◉

マドンナメイト編集部では、意欲あふれる新人作品を常時募集しております。採用された作品は、本人通知のうえ当文庫より出版されることになります。

【応募要項】未発表作品に限る。四〇〇字詰原稿用紙換算で三〇〇枚以上四〇〇枚以内。必ず梗概をお書き添えのうえ、名前・住所・電話番号を明記してお送り下さい。なお、採否にかかわらず原稿は返却いたしません。また、電話でのお問い合せはご遠慮下さい。

【送付先】〒一〇一‐八四〇五 東京都千代田区神田三崎町二‐一八‐一一 マドンナ社編集部 新人作品募集係

幼馴染《おさななじ》みに無理《むり》やり女装《じょそう》させられたら覚醒《かくせい》しちゃったんですけど

二〇二一年七月十日 初版発行

著者◉石神珈琲【いしがみ・こーひー】

発行◉マドンナ社
発売◉二見書房
東京都千代田区神田三崎町二‐一八‐一一
電話 〇三‐三五一五‐二三一一(代表)
郵便振替 〇〇一七〇‐四‐二六三九

印刷◉株式会社堀内印刷所 製本◉株式会社村上製本所 落丁・乱丁本はお取替えいたします。定価は、カバーに表示してあります。
ISBN978-4-576-21086-5 ◉Printed in Japan